大魚讀品
BIG FISH BOOKS

让日常阅读成为砍向我们内心冰封大海的斧头。

对影

围绕母亲的故事

[日] 远藤周作 著

六花 译

台海出版社

北京市版权局著作权合同登记号：图字：01-2024-5061

KAGE NI TAISHITE - HAHA O MEGURU MONOGATARI (collection of stories) by ENDO Shusaku

Copyright © 2020 The Heirs of ENDO Shusaku

All rights reserved.

Originally published in Japan by Shinchosha Publishing Co., Ltd.

Chinese (in simplified character only) translation rights arranged with The Heirs of ENDO Shusaku, Japan through THE SAKAI AGENCY and BARDON CHINESE CREATIVE AGENCY LIMITED.

图书在版编目（CIP）数据

对影：围绕母亲的故事 / （日）远藤周作著；六花译 . -- 北京：台海出版社，2025. 1. -- ISBN 978-7-5168-4070-2

Ⅰ . I313.45

中国国家版本馆 CIP 数据核字第 20241EK314 号

对影：围绕母亲的故事

著　者：[日]远藤周作　　　　　译　者：六　花

责任编辑：俞滟荣

出版发行：台海出版社

地　　址：北京市东城区景山东街 20 号　　　邮政编码：100009

电　　话：010-64041652（发行、邮购）

传　　真：010-84045799（总编室）

网　　址：www.taimeng.org.cn/thcbs/default.htm

E-mail：thcbs@126.com

经　　销：全国各地新华书店

印　　刷：河北鹏润印刷有限公司

本书如有破损、缺页、装订错误，请与本社联系调换

开　本：787 毫米 × 1092 毫米	1/32
字　数：137 千字	印　张：7.25
版　次：2025 年 1 月第 1 版	印　次：2025 年 1 月第 1 次印刷
书　号：ISBN 978-7-5168-4070-2	

定　价：52.00 元

目录

对影

胜吕单手撑在榻榻米上，翻开父亲家中那本未被烧毁的老相册。相册里的黑色卡纸已经褪色，散发出一股潮湿气味。里边都是少年时代父亲为他拍的照片。爬高尾山的纪念照里，胜吕留着光头，满脸疲惫地站在父亲身旁。在热川海边的留影也是他同父亲两个人。无论在哪张照片里，和如今的他年龄相仿的父亲都在强装笑脸。（他突然想到，自己在拍照时也会像父亲一样，脸上浮现出怯懦的微笑。）相册里到处都是灰色的糨糊印，那是照片被撕掉后留下的痕迹。至于照片里的人和撕走它们的人是谁，胜吕自然清楚。

"过来，稔，让爷爷拉着你。"

父亲牵起胜吕儿子的手，在院子里的小池塘边踱步。妻子和继母闲聊着，跟在他们身后。鲜红的杜鹃宛如小小火焰，在池畔燃烧。黑色地面上，鸢尾正生出形似利剑的花芽。

"这是鲤鱼，可不是金鱼哦。稔，你数数这儿有几条鱼？"父亲停下脚步，从身后抱住稔，探头看向水面，"三条，四条……"

看到自己的孩子攥着父亲的手，胜吕顿感不快。他承认自己的想法不合情理，于是尽力打消这个念头。胜吕将目光落回到相册上，开始对着被撕掉的照片里的人，在心底喃喃自语："你还没见过稔就走了，也没体会过抱他的快乐。不只是稔，你连我的妻子都没见过。此时此刻，在这个春日的星期天，看着那个人身边有儿媳、孙子陪伴，你会是什么心情呢？"

"两条，三条，四条……"

"那块石头下面还藏着鱼哦。"

阳光在池塘水面似阳炎[1]般飘摇，吓走了鲤鱼。在和服外套着自制劳动裤的父亲正站在阳光里，脸上洋溢出满足的神情。从前，他对瓷器和饮茶就颇为讲究，不工作以后，连衣着都变成了不拘小节的俳句诗人风格。

"我们去喝茶吧，"继母抚摸着稔的头说道，"走，去餐厅吃蛋糕。"

胜吕拿起相册朝储藏室走去，这时，儿子攀上了他的手臂。

"给我看看，那本书。"

"是相册吧。"妻子的声音也从身后传来，"那本老相册，我还没看过呢。"

---

1 阳炎：日语词语，指在日照较强、炎热无风的天气里，在柏油路上方呈现出的光线如水波般跳动的景象。——译者注（以下如无特别说明均为译者注。）

"都是你不知道的照片，没什么好看的。"

胜吕没好气地答道。他拉开储藏室的门，只见架子上摆放着各色杂物，便将相册藏进最高的那一层。

"为什么要藏起来啊？"

"都跟你说过了，看了也没用，跟你没关系。"

他转头看向满脸怨气的妻子，心想：你也稍微动动脑子吧。

"怎么了？"追来帮稔洗手的父亲看着胜吕和儿媳的脸，诧异地问道。

"是那本相册，"妻子想都没想就开了口，"他啊，也不知道为什么，要把它藏到那么高的地方去。"

父亲低下头，不再出声，他默默牵起稔的手，朝浴室走去。他很清楚那本相册里有些照片被撕掉了。

"稔吃得不少啊。"

"是呀，我总怕他吃坏肚子。"

"不过，他长得也比同龄孩子高吧。"

"医生还表扬他呢。"

父亲正拿着牙签剔牙，妻子则因儿子被夸奖而得意地说个不停。

"胜吕小时候也吃这么多吗？"妻子忘形地说，"他最近的饭量可是很小啊。"

妻子没有考虑到，父亲和继母对她脱口而出的话会作何反应。她甚至没觉得，在对少年时代的胜吕一无所知的继母面前问出这种话有多不合时宜。胜吕在心里咂了一下舌。

"是吗，"父亲的神情故作磊落，"这小子就知道吃零食，怎么说都不听。"

继母佯装没听见，舀起一勺布丁喂给稔吃。

"但是他小时候没有现在这么瘦吧。"

"正常体形吧，"父亲悄悄看向继母，"不过上大学那会儿，有段时间也胖过。那时候缺粮，为了让这小子吃饱，阿茂经常要出去采购。"

大学时期的照片，胜吕曾让妻子看过，但是他童年的相册被藏进储藏室深处，经年累月，已落满白色灰尘。胜吕脑海中又浮现出被撕掉的照片留下的痕迹——那些风干的、脏兮兮的灰色糨糊印。我还记得你偶尔做给我吃的松饼的味道。小学放学回家后，你会在松饼上浇满 DORIKONO[1]，端给我吃。看着继母喂稔吃布丁的手，他如此想。DORIKONO 的味道，那种近似奶糖味道的饮料，只存在于胜吕的童年时代。

"有造，"父亲细心地捡起稔掉在他膝头的点心碎屑，"我有事跟你说，能过来一下吗？"

1　DORIKONO：一种在日本昭和初期热卖的饮料。

胜吕离开餐厅，走进父亲的书房，一切都和从前一样被整理得井井有条。书架上排列着佛教说话集[1]和生长之家[2]全集，书桌上摆放着笔筒、印章和一块大大的铜镇纸。房间里还是二十年前胜吕上大学时的样子，一点儿都没变，仿佛象征着父亲至今一成不变的生活。书房中唯一的新物件就是那块写着"人间万事无一物"的匾额。胜吕脸上浮起一丝冷笑，心想：这句话跟他毫无关系啊。

　　"那个啊，那是前几天别人送我的。"

　　"是谁写的？"

　　"众议院的田村先生。"

　　胜吕不关心是谁为父亲题的字。只是，他清楚"人间万事无一物"这种话跟父亲的人生没有半点关系，因而觉得有些可笑。

　　"要说什么事？"

　　"嗯，"父亲一边用干抹布擦拭书桌，一边说，"我啊，从今年起不当老师了。"

　　"经济方面过得去吗？"

　　"啊，那个不用担心，我早就做好准备了。"

1　佛教说话集：记录佛教教义的经典。
2　生长之家：日本新兴宗教之一。

说的也是，以您的性格，肯定从十年甚至十五年前就为养老做好准备了吧。您这间书房里从前还挂过不知是谁写的"有备无患"呢。胜吕知道，眼前的这位老人早就买好了股票、养老保险，还为继母上了人寿保险。

"书桌这东西啊，要是不每天好好擦拭就不亮。"父亲停下手里的活儿嘟囔道，"不过，人也一样，如果不趁年轻好好磨炼自己，等上了岁数就无计可施了。像你现在这年纪，即便有些小缺点，也会因为年轻而被原谅，老了可就不行了。毕竟上了岁数的人无法再为社会创造价值，社会对他们也就变得苛刻了。这一点很重要。"

从少年时代起，这种为人处世的大道理，父亲不知讲过多少遍。那些从书架上的佛教说话集和生长之家全集里搬来的句子，父亲不只讲给胜吕听，还讲给他的学生们听。

"其实，我最近写了点儿东西。年纪大了，也不能贪恋玩乐啊。"

说着，父亲从书桌下面取出一只大大的纸袋。

"写什么了？"

"李商隐的传记。"

胜吕打开父亲递过来的那只沉甸甸的纸袋，里面装的稿纸有一百页左右。父亲的字写得很小，恰如他那小心谨慎的性格，纸面上没有一个错字，也没有任何修改的痕迹。在父亲的一生中，只有一处出现过错误和修正。对于他这样的人而言，写作有什么意义呢？

"真不容易啊。"胜吕的脸上浮现出嘲讽的冷笑。

"有朝一日，我想把它出成书。"

"你认识出版社的人？"

"这个啊，我正想拜托你呢。"父亲突然露出谄媚的笑，"我觉得，A 社就挺不错。"

A 社是业界一流的出版社，绝不可能出版一位寂寂无名的老人的著作。

"不过，一百页也出不了书啊。通常，一本书得……"胜吕想找借口推辞，然而父亲没有听出他的本意，赶忙说道："当然了，这些只是三分之一嘛。"

胜吕烦躁地点起一支烟。作为一个侦探小说译者，他也曾畅想过能在 A 社出版自己的书，可他没能做到。眼下，父亲又来拜托自己，可他实在没有能力把父亲的书稿推荐到 A 社去。不，其实更让胜吕介怀的是，二十年前，父亲曾反对他考入文学部，劝他选择一条保险的人生道路。到最后，他还被赶出家门，在别人家寄宿了两年之久。

晚上八点，胜吕夫妇哄着哭闹不止的稔，离开了父亲家。胜吕牵着儿子的手走在前面，妻子则拎着旅行袋跟在后边。

"我后来才明白，"走在昏暗的路上，妻子忽然说道，"你为什么不让我看那本相册。对不起，是我大意了。"

见胜吕沉默不语，像是为了故意展示同情心，妻子继续说道：

"你也……要顾虑很多事吧，在那个家的时候。"

"你懂什么！"胜吕朝地上啐了一口。被妻子看到自己在那个家里的样子，胜吕十分恼火。"别说那个了，快牵着稔的那只手。"

"母亲……啊，我是说你过世的母亲……为什么会和父亲分开呢？"

胜吕没有回答。那是只属于他一个人的秘密。关于母亲的回忆，他不希望任何人踏足其中，哪怕那个人是他的妻子。

母亲为什么会和父亲分开呢？事到如今，胜吕当然想象得到理由，然而，那不过是他自己的推测。说到底，我们无法看清一个人的内心深处，那些推测只能永远徘徊在母亲真正的秘密之外。但是在胜吕心里，关于母亲的回忆越是被美化，他对父亲的蔑视就越强烈，想要弄清楚母亲离开的真正理由的心情也就越急切。

大约四年前，胜吕去神户出差时，曾鼓起勇气去了母亲的故乡（小时候，母亲似乎带他去过一次，可惜他已经没什么印象了）。那是一个火车只会停留两分钟的小站，下车的乘客非常少。秋日暖阳洒满月台，黑色栅栏边，白色波斯菊正开得绚烂。车站前的广场上停着一辆卡车。出了车站后，胜吕不知道自己该向左还是向右。

忽然，他想起母亲的表哥阿达舅舅还住在这里，他向卡车司机打听一番后，对方立即帮他指了路。胜吕穿过有红蜻蜓飞来飞去的广场，朝阿达舅舅家走去。

母亲的这位表哥五十五岁左右，是一个诊所医生，见到胜吕时，他表现得十分惊讶。午后，耀眼的阳光笼罩着庭院，从高大的紫薇树干上传来阵阵蝉鸣。

"你妈妈啊，"阿达舅舅嘴里嚼着苹果，点头说道，"我只记得她上女校时候的事儿。"

"什么事都行，请讲给我听听吧。"

"她离家出走过，你知道吗？"

胜吕大致听说过那件事，上女校期间，母亲开始学习小提琴，并打算毕业后去东京上野的音乐学校继续深造。然而，外祖父母都强烈反对，于是有一天，母亲突然离家出走了。为了攒够去东京音乐学校上学的路费和生活费，她还去姬路[1]的一户人家当起了女佣。

"那时候可不像现在，在这种乡下小镇，那件事可成了大

1　姬路：姬路市，位于神户以西，是日本兵库县内仅次于神户市的第二大城市。

新闻。"阿达舅舅一边冲泡煎茶一边说，"她毕竟是这里有钱人家的小姐，竟然会去当女佣。你妈妈从那时候起就是个与众不同的女人啊，该说她执着，还是死心眼呢。"

"是执着。"

"呵，她倒是有骨气……"

从阿达舅舅的口气中，胜吕听到的不是怀念，而是蔑视，于是他不再说话了。

即便不是蔑视，胜吕也能感觉到，母亲的做法让阿达舅舅很伤脑筋。不只是他，那个时候，外祖父母和母亲的其他兄妹对她的看法恐怕都一样吧。胜吕闭上双眼，再次回忆起母亲的音容笑貌。

后来，他还去母亲当年上过的小学看了看。不过，昔日的黑色木质结构校舍，如今已经变成四四方方的白色混凝土建筑。校园里，孩子们正在跳绳。学校建在半山腰，能俯瞰整座小镇。尽管阿达舅舅说战争留下的痕迹已经全部消失，但是眺望着被群山环绕的闭塞小镇，胜吕似乎理解了母亲不想在那种乡下地方度过一生的想法。

胜吕打包好翻译完的书稿，走过妻子身旁时，见她给稔脱了上衣，正在往他的手臂和腋下拍白色的痱子粉。

"这才五月他就长痱子了，是不是得去找房东要点儿桃叶[1]啊？"

胜吕默默走到玄关，打开积满灰尘的鞋柜，取出那双鞋底已经磨得很薄的鞋子，刚穿上脚，鞋底露出的钉子就把他的脚心扎了一下。

"要出门吗？"

"去出版社。"他懊恼地回应，"喂，快擦擦这鞋柜吧，里边怎么全是灰尘泥土啊。还有我这双鞋，明天拿到鞋店去修一修吧，鞋跟都磨没了。"

"知道了……可是，你右脚的鞋跟总是很快就磨坏了。是你的走路姿势不对吧。"像要讨好胜吕似的，妻子继续说道，"听说，意志薄弱的胆小鬼，鞋底都像你那样……"

前往公交站的一路上，胜吕鞋底的钉子时不时地就会扎一下他的脚心。每每此时，他都会停下脚步，皱起眉头。没来由地，他又想起妻子刚才说的"胆小鬼"。虽然那只是妻子开玩笑似的无心之言，胜吕却牢牢地记在了心里。他想起六年前，自己带着妻子去涉谷的咖啡店，那时的他还假装自己是一位在人生路上勇往直前的青年，在妻子面前大谈特谈她不认识的作家，批判那些文坛小说是何其无趣。他甚至夸下海口，在不久的将来就会写出超越那些作家的作品。或许是被那些豪言壮语

1　桃叶具有清热解毒、杀虫止痒的功效，可以治疗痱子。

蛊惑，一个月之后妻子就答应了他的求婚。

可是结婚五年了……他连一篇小说都没有发表过，投稿过的所有新人奖也都如石沉大海，没有回音。起初，他抱怨那些评委不懂得欣赏他的才华，然而数度被拒后，疲惫如同他们家鞋柜上的灰尘一般慢慢累积，不知不觉间，他慢慢放弃了成为小说家的理想。因为擅长的只有外语，最终，胜吕只好去当侦探小说的翻译，这样好歹可以维持生计。这一路走来的心路历程，他自己最清楚不过了。

（意志薄弱的胆小鬼……）

或许，这是妻子发自真心的批评。虽说是无心之言，但正因为是无心才显得真实。胜吕心想。

去出版社办完事后，胜吕来到神田[1]的一家小酒馆，径直上了二楼。一起立志写小说的笔友们会定期在这里聚会。他赶到时，已经有五六个人在边喝边聊。

"胜吕，你这个月的活动费还没交呢。"A说。

"啊，"胜吕的脸一下子红了，"抱歉，能再等几天吗？要是现在交，今天的酒钱就不够了。"

"哎，好吧。"A咂嘴道，其他人跟着笑了起来。虽然这些人都挺好相处，可是一个有才华的都没有，胜吕暗自想。这

1　神田：指日本东京的神田书店一条街，是驰名世界的旧书店街区。

时，A 和 B 又开始咒骂文坛那些流行作家是庸人俗物。在胜吕看来，那些恶言恶语并非批评，而是出于嫉妒。

聚会结束后，胜吕和 F 顺路，两人一起乘上了电车。

"胜吕哥，"年轻的 F 拉着吊环，开口道，"您最近没写新东西吧。"

"写啊，"胜吕不耐烦地回答，"准备写的。"

"果然每个月都得写点儿新东西才行呀。而且文学这条路，说到底，不固执就坚持不下去啊。"

望着窗外，F 这样嘟囔道。看着 F，胜吕怔怔地想，很久以前——自己还没结婚的时候，也曾像他一样自命不凡。如今，他的那些自傲早已荡然无存。结婚以后，胜吕的心里，只剩下白色的尘埃在一点一点地累积。之所以还和从前的笔友们保持联系，是因为如果把这条线也切断了，胜吕会觉得自己是真的放弃了文学。

回到家，稔已入睡，妻子正坐在儿子身旁缝缝补补。

"洗澡水烧好了。"

仰头看着脱掉衣服的胜吕，妻子笑着说："一模一样。"

"什么？"

"稔和你。你们俩有点驼背的样子，一模一样。"

胜吕低头看向儿子，他熟睡的小脸上挂着细汗。即便妻子不说，胜吕也早就注意到了，稔的身形和自己很像。父亲和祖父的身材也是如此，想来这一定是遗传。每次和儿子一起洗澡时，胜吕都会真切地感受到他们之间相连的血脉，然而那种感觉令他莫名地不快。虽然稔未来会变成什么样还不得而知，但是胜吕注意到，自己和父亲不单是体形相似，就连一些微小的举止和习惯都十分相像。

"你看我走路的样子，"他问妻子，"是不是跟老爷子很像？"

"嗯，像，真的很像。"

"那你看我还有哪儿跟他像？"

"让我想想，"妻子稍稍歪头，做出一副沉思状，"前段时间，我看见父亲边看报纸边用手指甲掏耳朵，当时就觉得你们不愧是父子。"

"为什么？"

"你不是也经常那样吗？"

从上学时起，胜吕就对父亲的那个动作充满了厌恶感。父亲一直小心翼翼地把小拇指的指甲留得很长，当他低垂着头，一张接一张地认真翻阅报纸时，总会用小拇指的指甲掏耳朵，那模样看起来着实小家子气，俨然一位满足于平淡生活的老人。胜吕当时就想，自己老了绝不会变成父亲那样。然而，妻子刚才的话让胜吕意识到，原来自己也在不知不觉间染上了那种令人不快的习惯。

是夜，他听着身旁妻子入睡后的呼吸声，思索着自己分别从父亲和母亲身上继承了哪些特质。妻子的呼吸很轻，让夜晚显得分外宁静。虽然还说不清母亲遗传给了自己些什么，但从父亲那儿继承来的东西，他似乎是清楚的。驼背的身姿，以及总想安于平庸现状的怯懦与软弱——这些大概都源于父亲。胜吕蔑视自己的这种性格倾向，单是蔑视还不足够，他还一直通过厌恶那样的父亲以示抵抗。

"如果要和我分开，你会选择什么时候？"

胜吕嘴里衔着烟，单手托起脸颊，向妻子发问。

"怎么突然问这么奇怪的问题，你不想跟我过了？"

妻子用抹布擦着玻璃门，脸上流露出些许不悦的神情。即便她停下手里的活，玻璃门仍在咔嗒作响。

"我没那个意思，这只是假设。"

"如果没有自信了，或许会分开吧。"

"你说的没自信是什么意思？"

"比如，你有了其他女人，那个女人又比我好的话。不过有了孩子就很难了吧。女人都是软弱的动物，嗯，女人无法轻易放弃眼前的生活。"

注视着指间飘然升起的香烟烟雾，胜吕想起了父亲。在世人看来，父亲并不算一个糟糕的丈夫，这道理他明白。那么是他暗地里背叛了母亲吗？以他那种谨小慎微的个性，为了保住旧制高中教师的工作，应该不会对妻子以外的女人下手。那么，母亲所遭受的背叛应该不是在男女之事上。

（那么，父亲是以其他方式伤害了母亲吗？）

胜吕悄悄看向妻子的背影。想要猜测父亲的行动，只需要把他遗传给自己的那部分特质放大即可。此刻，对胜吕的心思一无所知的妻子正卖力地擦拭着家具。

"喂。"

"怎么了？"

"你对现在这样的生活，有什么不满吗？"

妻子转过头来看着胜吕，她的目光中满是诧异。

"你怎么了？也不是每天都过得困难。"

"不，我说的不是钱的事。"他低下头，"以前，我……"

胜吕想问的是：结婚之后的我跟结婚之前相比有什么变化，以及你有没有什么不满。可是这些话从一个丈夫嘴里说出来，未免过于耻辱。你是不是以为我会变成一个有骨气的男人，才跟我结婚的呢？那个时候，你没看出来我是个怯懦的人，就跟我结婚了对吗？

"那……"不知是没看出胜吕的心思，还是故意装作没看出来，妻子继续边干活边说道，"人的欲望，无穷无尽。不过，最近我觉得，可能平平淡淡才是最幸福的吧。"

下雪了。积雪被冻住之后，天上又纷纷扬扬地下了起来。寒风裹挟着黑烟，飘过白色雪面。手腕与手指机械地移动，琴弓片刻不停地在琴弦的两端之间游走。她不是在用手指按压琴弦，而是在用指尖有力地弹出尖锐的声音。她已经将同一段旋律反反复复演奏了三个小时。她只用下颌夹着琴，牙齿死死地咬着下唇。孩子正恐惧地窥看着母亲那张严肃的脸。

"没有好吃的吗？"他说，"没有水果吗？"

其实他并不想吃水果，他只是想让眼前的母亲也关心关心自己，跟自己说说话。

"有什么，吃的吗？妈……"

然而，她仿佛完全听不到孩子的声音，依然在挥动琴弓。她的全部心思都集中在五根手指上，在找到她想要的那个音之前，孩子的声音绝不会传入她的耳朵。

"我在问您呢，有没有水果……"

孩子摇晃着母亲。平时，她分明一再告诫过孩子，绝对不能在自己练习小提琴的时候吵闹，或者来搭话。但是现在，他不安到忘记了那些嘱咐。

"你在干什么！"

母亲用可怕的眼神瞪着胜吕，狠狠呵斥道。她用琴弓指了指走廊，说："站到那儿去！"下颌通红一片，持续三个小时夹着琴，导致她的脸部皮肤充血。

"你要是不听话，就站到雪地里去。"

泪水在眼眶里打转，他垂头丧气地向后退去。这是胜吕关于母亲的记忆片段之一。

"那种事，我肯定做不到。"当他把这件事讲给妻子听时，她长长地叹了口气，"感觉，你好像并不怕。"

"母亲弹琴的时候就会变得很可怕，"胜吕点点头，"而且她的右臂要比左臂粗，手指尖也全被琴弦磨坏了，留下一层很硬的灰色老茧，我到现在都记得很清楚。"

"不，不，我说的不是那个。我是说孩子明明肚子饿了，竟然还要训他，换作我肯定做不到。"

胜吕觉得妻子是在指责母亲，他的表情随之变得僵硬起来。他不允许自己以外的人说母亲的不是。你这样的人怎么可能理解我的母亲？胜吕低下头，暗自抱怨着。我想写小说的时候，你还一直在我身边走来走去，脚步声那么大。不管我说多少遍，你总是突然凑到我面前，逼我听你那些无聊透顶的街坊八卦。你的那些脚步声，聒噪的说话声，对于正在构思小说的我是多么大的伤害和打扰，你竟然到现在都不明白。像你这样的人，怎么可能理解那个时候那个人为什么会生气呢？

"你把过世的母亲想得太完美了。"随后，妻子又匆匆补充道，"不过，男人都那样。"

胜吕不情不愿地认同了妻子的评判。曾经，他几度想把父母的故事写成小说，但是在创作过程中，他意识到自己无法摆脱对父亲的成见和对母亲的偏袒，最终停了笔。恐怕在胜吕心里，就连母亲令他人难以忍受的缺点都被他美化了。评论家口中常说的"客观书写"，他无论如何是做不到了。

但是，当胜吕无数次回忆起三十年前，他还是孩子时，母亲花三四个小时只为找对一个音节的身影，她那如机器般无休无止挥动琴弓的手，以及被磨出厚厚老茧的指尖，对胜吕而言，那些画面早已拥有了比回忆更加深邃的意义：不满地双眉紧蹙，不知厌倦地追寻着同一段旋律的母亲，渴望通过自己的指尖将旋律演绎出独特韵味的母亲。

"我到涉谷购物，顺道来看看你们。"

父亲抱着刚买的东西，从院子里进了家。在檐廊上坐定后，他摘下那顶戴了多年的巴拿马草帽，用西装袖口小心翼翼地拭去上面的灰尘。他出了汗的额头上，还留着红红的帽子压痕。

"稔怎么样？"

"最近他学会用蜡笔画画啦，这会儿也正在那儿画着呢。"

"叫他过来吧。"

父亲把稔抱上膝头，用另一只手解开包装纸外的绳子，开口道："这是鲜奶油蛋糕，是今天刚做好的，应该坏不了。

是嘛是嘛，稔会画画了啊。稔，什么时候也给爷爷画一幅吧。"

似乎是为了讨父亲开心，妻子拿来两三张孩子用蜡笔乱涂过的画纸。

"这些都是他画的。"

"我看看。"

父亲从西装内口袋里取出眼镜盒，戴上老花镜。那动作充满了老人味。

"画得不错啊，对五岁的孩子来说画得很好了。"

"是吗？"

妻子愉快的笑脸，让胜吕感到焦躁。

"这孩子或许有艺术天赋呢，你们可得好好培养培养啊。"

胜吕放在膝头的双手悄悄攥紧。十几年前的回忆忽然涌上心头，就在那间书架上摆放着佛教说话集的书房里，当时，胜吕站在父亲对面。

"听好了，打消写小说的念头吧。那种东西当个兴趣爱好还行，想把写作当职业可不行啊。"

父亲的说教向来如此，他总是先摆出一副谆谆教诲的姿态，只要对方保持沉默，他就会自我陶醉地说个不停。胜吕将双手放在膝上，低垂着头，默默地听着。

"那种职业风险太高。最重要的是，你养活不了自己怎么办？搞艺术什么的，本来就不是正经人该干的事。"

不知是不是因为想起了母亲，父亲才会使用"正经人"这种字眼。不过，在胜吕听来，父亲的话仿佛是对母亲的侮辱。

"你就是因为还缺乏社会经验，才会产生那种想法。写小说啊，画画啊，搞这些东西的人，到最后都会死得很惨。平凡最好，平凡才是最幸福的。"

原来如此，原来母亲死得很惨。恐怕在父亲看来，在认同父亲的这个社会看来，母亲的晚年就是一场悲剧。父亲的一番话想必是在暗指这一点。

"跟我一样当个老师不是最理想的吗？"

"可是，我觉得，我有选择自己职业的权利。"

"胡说！既然是父母供你吃穿，供你上学，你就不能那么任性。如果你非要当作家，明天起就去工作挣钱，自己养活自己吧。"

在往后的十几年间，父亲那天的一字一句，胜吕始终无法忘却。这种被骂的经历，一般的孩子大概很快就会淡忘，胜吕之所以直到今天都对那些寻常的斥责怀恨在心，是因为他觉得那些训诫不单单针对自己，更是对母亲的暗中蔑视。"写小说啊，画画啊，搞这些东西的人，到最后都会死得很惨。"

没错，母亲死在了那间破旧的公寓里，临终时也无人照看。当胜吕得知消息赶去时，母亲的遗体旁只坐着一位惊慌失措的老婆婆，她就是打电话来通知死讯的公寓管理人。母亲的脸庞毫无血色，苍白胜纸，眉心处还残留着痛苦的阴影。

"稔要是说想当画家，我们一定支持他。"

胜吕转头看向庭院里的八角金盘，嘲讽地歪了歪嘴。

"嗯，那就好。听说现在的画家啊，做商业设计很挣钱的。好像比你搞的那个翻译行业要挣钱多了。"

你说的可真好听，胜吕在心里挖苦道。这时妻子又开口了：

"他有一位做设计的朋友就买了别墅呢。"

"是吗，都买别墅啦。"

八角金盘的树根处，凌乱地散落着很多细小的纸屑和线头。胜吕曾多次告诫妻子，不要把房间内的灰尘扫到院子里去，她今天还是偷懒了。母亲过世的房间里有一株橡皮树盆栽，树叶发黄枯萎，根部也有那样零零落落的碎屑和线头。

上学的时候，在存放那本老相册的储藏室里，胜吕曾偶然发现一本口袋版的《万叶集》。那是日本古典全集里的一册，现如今依然经常出现在神田的旧书店里。一翻开书，潮湿与发霉的气味扑面而来。封面的背面还留有已经褪色的钢笔字迹，写的竟然是父亲和母亲的名字。胜吕花了好几秒钟才敢断定，那是父亲年轻时的笔迹，这让他的脸上不禁露出嘲讽的冷笑。两人名字的左侧，还誊写了一首《万叶集》里的相闻歌[1]。那是一首高中生都熟知的相闻歌。起初，胜吕还疑惑父亲为什么会写这样一首诗，然而他很快想到了答案。之后，他带着嘲讽的笑脸，长久地凝视着那两行文字。他笑的并不是父亲会为母亲抄写相闻歌的滑稽事实。因为每当父亲心情不错的时候，常常满足地点着头，说自己"年轻时因为不谙世事，总是想些蠢事"，而那两行相闻歌就是他年轻时所做的蠢事。

胜吕冷笑的真正原因是，他从那些墨水褪色的字迹之中，感受到了父亲身为东北[2]乡下大学生的自卑。他竟然专程买了一本《万叶集》送给自己的订婚对象，而且还在封里写了一首中学生都知道的相闻歌。如此装腔作势、土里土气的做法，让胜吕不禁开始想象父亲年轻时的模样。

可是，母亲……

可是母亲为什么会和父亲订婚呢？难道她完全没有看出来，自己的未婚夫是一个本质上与这首相闻歌相距甚远的人物吗？

后来，每当胜吕回想起这件事，总会有一种近似不安的情绪。难道真如妻子所说，自己把年轻时的母亲想得太完美了？或许当年的母亲跟寻常的女人一样，会被那种随处可见的书和

---

1 相闻歌：《万叶集》中的一种诗歌形式，主要指相互赠答之作，多为男女之间的恋歌。
2 东北：这里指日本的东北地区。

写在封里的一首相闻歌轻易俘获芳心……这样的猜测仿佛为胜吕日后对母亲的印象蒙上了一层阴影，他摇了摇头。

父亲正在和稔一起吃他买来的点心。他额头上的帽子压痕尚未消退，看起来就像大树的年轮。如同年轮层层累积，父亲也曾经历过赠送母亲《万叶集》的时期，只是，那些时光已经被后来的无数"年轮"彻底埋葬。那些往事，恐怕连父亲自己都忘记了吧。当时的他和现在的他，究竟哪个才是真正的他，想来他也不曾比较过。而那个人此刻正把孙子抱在膝头，沉浸在天伦之乐里，母亲却连自己孙子的面都没见过，就在那间破败的公寓里辞世了。一想到这些，胜吕就不由得怒火中烧。紧接着，他惊讶地意识到，自己的内心似乎对父亲的幸福充满了抗拒。

冻雪之上又开始落雪了。烟囱里冒出来的黑烟，随风飘过雪面。在中国大连，一到十一月，家家户户都会点起火炉、壁炉，壁炉里冒出来的煤烟总是把积雪染成灰色。胜吕把小脸贴到窗户上，望着外面的北风。对面人家的砖头烟囱也在冒着黑烟。天空像被旧棉花塞满了似的，垂得很低。客厅里的小提琴声，今天也是从放学回家后就没有停过。一如往常，母亲正在不知厌倦地重复着同一段旋律，无休无止地重复着。途中，一声尖厉的琴音响起，演奏戛然而止。母亲不满意自己的演奏时，就会发出那样的声响。她那气愤、焦躁的表情，仿佛就浮现在小小的胜吕的眼前。

母亲规定，她练琴期间禁止任何人进入客厅，因此胜吕从学校回来后还没见过她。胜吕也会像其他孩子一样感到孤单，但是天天如此，他也就习惯了。女佣给胜吕拿了一只橘子（母亲不允许他吃点心），他一边剥橘子，一边透过窗子悄悄望向客厅，可惜那里看不到母亲的身影，只听得到小提琴的声音。

邻居家的小狗正在雪地里晃晃悠悠地奔跑，它的背上落满了白雪。胜吕朝它吹口哨，小狗却不理不睬，他曾多次央求母亲让自己养一条狗，母亲却始终没有答应。

院子里传来脚步声。落满白雪的外套肩膀和礼帽，是爸爸回来了。走到回荡着小提琴声的客厅门前，他停下脚步，一动不动地朝传出琴音的方向注视了良久，随后又掉转头，朝后门去了。

"要帮您叫太太吗？"

"不，不用了。她还在练习……"

厨房传来女佣与父亲的对话声。父亲来到走廊，看到胜吕正双手插兜，把脸贴在窗户上时，轻声说了句"哎哟"。随后，他笨手笨脚地换了衣服，把脱下来的西装收进了衣柜。

"干什么呢？"

"没什么。"胜吕摇摇头。

"放学回家应该先做作业吧。"

"今天没作业啊。"

"见过妈妈了吗？"

"没有，不是说她练习的时候不能进客厅吗？"

父亲不再说话，只是低头看着胜吕的脸。片刻后，他又低声问道：

"你，不觉得孤单吗？"

"为什么？"

胜吕不明白父亲为什么突然问那种问题，对他而言，这些都是理所当然的日常。父亲和胜吕并肩站着，他也把手插在腰带里，呆呆地望着窗外飘飘扬扬的大雪。

那一年，母亲在青年会馆办了一场演奏会。认识、不认识的人来了许多，其中有一位满头白发的外国人，他是母亲的老师，俄罗斯人莫吉列夫斯基。为了不打扰其他观众，胜吕被女佣安顿在会场的角落位置。那天母亲身着露臂礼服，演奏了好几首乐曲，胜吕的脑海中只剩下这些杂乱模糊的记忆。

演奏途中，胜吕想去卫生间，于是悄悄溜了出去。走到空无一人的走廊上时，只见空荡荡的一排椅子中间，父亲正独自面壁而坐。他的背影，笼罩着一种无人为伴的寂寥阴影。不会抽烟的父亲注视着被自己点燃的香烟，即便听到从会场里传出的鼓掌声，也一直一动不动地坐在那里。

第二年，胜吕生了一场大病。那时快要放暑假了，他在学校时浑身乏力。下午做完广播体操后，又感觉嗓子里像是堵了东西。去医务室量体温时，发现已经升到 38 摄氏度以上，医生帮他检查过嗓子，问了很多问题之后，一位女老师带他来到附近最大的 M 医院。

高烧持续了数日，胜吕一睁开通红迷蒙的双眼，就仿佛看到病房墙壁上爬满了虫子，在那些虫子中间，模模糊糊地浮现出母亲苍白的脸，她的目光正注视着自己。她用被琴弦磨硬的手指帮自己摆正额头上的冰袋，还给自己喂热汤喝。半夜醒来，胜吕发现母亲真的在他身边。那种有母亲陪伴左右的日子，在他的生活中几乎从未有过。

"马上就放暑假了，不用请太长时间的假，太好了。"母亲说，"新学期一开始，你就又能去上学了。"

要在医院住那么久吗？胜吕问。母亲为难地点点头。其实，胜吕心里不是在期盼自己能尽快痊愈，他是希望在医院里住得久一点。对还是个孩子的他而言，多亏了生病，他才能独占母亲。为了把母亲从小提琴身边夺回来，他的病必须治不好。窗台上摆放着几个盆栽，其中就有母亲最喜欢的橡皮树。一天，已经退烧的胜吕从小睡中忽然睁开眼，看到坐在一旁的母亲并没有看着自己，而是将双肘架在膝盖上，不停活动着左手手指。当胜吕看出来母亲在做什么时，一种近似寂寞和愤怒的情绪涌上他的心头。他对母亲大喊一声，“快给我换睡衣”，可是等母亲帮他换掉汗湿的睡衣后，他依然不停地抱怨不喜欢身上的衣服。最后，母亲生气地离开了病房。

也正是在胜吕住院期间，父亲的姐姐和姐夫从奉天[1]搬来大连。二十多年后的今天，胜吕依然清晰记得姑妈和母亲在医院里的那场争吵。起初她们还交谈甚欢，后来突然就吵了起来。当时还是孩子的胜吕，并不知道她们争吵的导火索是什么，他只记得姑妈噘着满口金牙的嘴，挖苦母亲“想拉小提琴也行，但女人的首要任务是照顾好家庭”。

胜吕忘了母亲当时是怎么回答的，他只对母亲膝头那双攥紧手帕、颤抖不止的手印象深刻。

姑妈一个劲儿地说：“这孩子生病也是因为你光顾着搞音乐，没看好他吧！”

这些话是父亲让姑妈说的，还是姑妈自己的想法，胜吕无从得知。他也不清楚，是不是因为这些话，母亲开始意识到他人对自己的看法。总之，那天深夜，被抚摸他额头的手弄醒时，胜吕看到母亲正在流泪。但是，他在被窝里绷紧全身，假装没有察觉到。

出院后，母亲不再拉小提琴了。她像寻常的母亲一样，经

1　奉天：沈阳市在清代至北洋政府时期的旧称。

常为放学回家的胜吕做松饼吃，并在上面浇满 DORIKONO。

三个月前翻译的推理小说，销量远超预期。虽说销量不错，倒也没有达到畅销书的程度，只是有一两本周刊杂志刊登过书评后，一下子打开了销路。由于胜吕的翻译费用是买断制的，即便小说重版，他的收入也不会增加，不过出版社想得周到，额外给胜吕汇来了两万日元。

有了这些钱，胜吕决定带妻子和孩子去逛逛街。祭典当日，街上人山人海。每个路口都站着警察，负责指挥边走边唱的游行队伍。胜吕领孩子去了百货商场屋顶的游乐园，一家三口坐了旋转咖啡杯，还有缓慢升空的小飞机，坐在飞机里，整个东京的灰色街道一览无余。

胜吕给妻子买了一条和服腰带，还给自己买了一支外国产的钢笔，刚到手的两万日元很快就花光了。太浪费了，其实我不需要腰带。妻子脸上半喜半忧，不停地嘟囔着。胜吕则回她，别那么小气，你不是一直想要吗？

后来，胜吕又在餐厅给孩子点了松饼，给妻子买了冰激凌，给自己要了一杯啤酒，他边喝着酒，边朝餐厅窗外望去，街上的游行已经结束，到处都是一家人结伴闲逛的身影。看着那些人，胜吕心中慢慢涌起一种似是幸福感的情绪。

"咱们一家三口，"妻子舔着冰激凌说，"还是第一次这么奢侈呢。"

"偶尔一次没关系，以后也多出来逛逛吧。"

胜吕嘴上回答着，心里却突然开始思考，这种生活有什么不好？事到如今，还有继续写小说的必要吗？现在的日子，过得不是也挺不错的吗？我为什么要对自己这并不算糟糕的生活感到惭愧呢？就在这时，仿佛一个残酷的玩笑，胜吕的脑海中浮现出母亲去世时的脸庞。

那之后的很长一段时间里，母亲再也没有拉过小提琴。茶褐色的小提琴和弱音器、琴弓一起被收进琴盒，放在客厅角落。母亲不在家时，胜吕曾小心翼翼地悄悄打开琴盒，摘掉琴弦的小提琴看起来格外寂寞，琴弓的一端还挂着细线，看起来就像老婆婆的一根白发。

和从前不同，母亲整日忙着吩咐女佣做饭，在庭院里种花，以及辅导胜吕学习。胜吕记得，那段时间他只顾沉浸在有母亲陪伴的幸福快乐中，并没有注意到母亲内心的寂寞。

父亲似乎也十分满足。到了星期日，他会蹲在花坛前拔野草，栽种郁金香花苗，一待就是好几个小时。家门外有货郎经过，他们拎着满满当当的虾笼，操着简短的日语来卖虾。庭院里的洋槐树开出雪白的花，胜吕摘下槐花串儿，放进母亲给他的香水瓶里把玩。比日本晚一周发售的《少年俱乐部》杂志在书店上架了。放学回家后，胜吕边看杂志，边画《团吉历险》和《太阳旗小子》的漫画，一直玩到天黑。

"平凡最好。"那段时间，父亲不知从哪本书上看来这句话，时常挂在嘴边。"家里每一个人都无病无灾，不会遭遇任何纠纷，就是幸福。嘲笑平凡的人，总有一天会被平凡报复。做人啊，不能奢望太高。"

这些话，不知是不是父亲为了劝诫母亲，特意从哪本书上找来的。胜吕已经记不起母亲当时的反应了。

当然，他们之间也不是没有过小争吵。比如每个月底，父亲一边翻看母亲记录的家庭账簿，一边不停拨动着算盘珠，总会用很小的声音唠叨个没完，母亲则一言不发只管听着。父亲的训斥结束后，母亲会朝一直担忧地看着他们的胜吕露出一个略显悲伤的微笑。除去这些小小的拌嘴，在孩子眼中，他们一直过着寻常夫妻的平静生活。

大连属于大陆性气候，夏季和冬季都很长。每每回忆大连的夏天，胜吕总会想起强烈日光照射下的大广场[1]与西公园[2]。正

1　大广场：现在的大连中山广场。
2　西公园：最初由俄国人在俄占时期修建，因当时位于大连西郊，故称西公园。后经多次改名，最终于1949年正式更名为劳动公园，沿用至今。

午时分，被晒蔫的洋槐[1]下，上身赤裸的苦力们直挺挺地躺在地上午睡，街上几乎不见人影，只有路口待客马车的马儿在挥动尾巴驱赶苍蝇，它们掉光毛的四只蹄子总是动个不停。就是在这样的一个夏日里，母亲撑着阳伞，默默地带胜吕走到街上去。她一言不发，不停地走着。胜吕不时向母亲搭话，她却只是神色哀伤地点点头，始终不作声。就算问她要去哪儿，她也只是摇头回应。终于，他们来到一家咖啡厅，胜吕吃起了冰激凌，却看到母亲连勺子也无心去拿，只顾沉思着什么。

"妈妈你怎么了？"胜吕停下手中的勺子，抬头望向母亲，"这么没精神，是病了吗？"

不用担心。母亲摇摇头，露出忧愁的微笑。回家路上，她给胜吕买了一个游泳圈，说第二天天晴的话就带他去海边游泳。

这样的生活持续了一年。没有人觉得母亲不拉小提琴是件奇怪的事。她和寻常的家庭主妇一样，埋头于琐碎的家务，即便看到她在辅导胜吕写作业，也不再有人感到意外。当时，父亲在"满铁"[2]工作，他的同事来家里做客时，母亲还会和女佣一起为他们准备酒菜，一直忙活到深夜。当喝醉的客人高声唱

---

1 洋槐：沙俄租借时期，洋槐曾被当作行道树广泛种植在大连市街道两侧，因此大连也被称作"槐花之城""东方槐城"。
2 满铁：南满洲铁道株式会社的简称，是1906年至1945年日本的一个情报机构。

起军歌时，母亲只是露出哀伤的微笑，怔怔地望着他们笑闹。

大概就是那一年的冬天，母亲在音乐学校时期的朋友S女士来到了大连。那位女士已成为专业的小提琴演奏者，在日本也小有名气，因此，她在母亲开办演奏会的青年会馆表演时，全场座无虚席。"满铁"的年轻职员们蜂拥而至，迫不及待地想听听来自日本本土的声音。演奏会结束后，S女士来家中留宿，胜吕睡在母亲和那位女士中间，悄悄听着两人在深夜里的对话。

"你啊……真没想到你会接受这样的生活。"S女士趴着点燃香烟，对母亲说，"已经不拉琴了？"

"不行了，手指不灵了。"

"过得幸福吗？"

"我很满足。"母亲立即答道。胜吕注视着黑暗中晃动的香烟火光，听到母亲的回答，感觉很高兴。现在想来，母亲的回答或许是出于对音乐学校老同学的抵抗心理，然而当时的胜吕只是个小学五年级的孩子，到底无法看透母亲话语背后的心思。

翌年夏天，家里发生了一起小事件。说是事件，其实也不值一提，只是胜吕觉得，那件事对母亲而言是一次不小的冲击。当时，父亲最小的弟弟要趁暑假来大连一趟。他还在上大学，但是参加了左翼运动，据祖父寄来的信上说，他似乎经常被警察跟踪。

"等荣三来了，我得好好劝劝他。"父亲一边收起祖父的信，一边面露不快地对母亲说，"因为沉迷那些坏思想……他好像把学业都荒废了。"

对于人生中的一切事项，父亲都划分得十分清楚。坏思想与好思想，能做的事与不能做的事，在他心中都有明确的界定。对他而言，一加一永远等于二，绝不可能等于三或者四。在他一生的认知当中，恐怕从来没有想过一加一会不等于二吧。母亲默默听着父亲的这些大道理，脸上闪过一丝无奈的表情。

八月上旬，父亲的弟弟抵达大连，胜吕跟随父母前往港口迎接。身着学生制服的小叔，单手拎着破旧的行李箱，扬着笑脸走上栈桥，挥着手大喊哥哥。

从港口回家的马车上，小叔好奇地左瞧瞧右看看，还不停地问父亲各种问题。父亲却一直抱紧双臂，满脸的不高兴。见此情形，母亲周到地代为回答。

小叔来访的那三个星期，对胜吕来说实在不算快乐。父亲去上班的时候，小叔就会监督胜吕学习，如果做错算术题或是文章读得不对，他就会露出可怕的表情，并用铅笔头戳胜吕的脑门。尽管如此，胜吕并不讨厌这位小叔。因为学习结束后，他会换上运动背心，笑容满面地陪胜吕一起玩抛接球。

令胜吕感到郁闷的是，一到晚上，父亲就开始在客厅里跟小叔争吵。他们会吵到很晚，小叔大喊大叫的声音总是把被窝里的胜吕吵醒。

"真让人伤脑筋。"父亲从客厅里走出来，他一直保持双臂交叉的姿势，对正在胜吕身旁看书的母亲说：

"如果单位的人知道我弟弟有那种坏思想，我也该被瞧不起了。"

"你这个人，总是只想着自己。"母亲笑着说。

父亲越是看不起小叔，越是想让他改过自新，母亲对小叔的态度就越好。如今，胜吕十分理解母亲当时的心情。在父亲面前不爱说话的母亲，对待小叔却像亲姐姐一样，胜吕经常看到她在小叔面前露出微笑，他们俩还总是交谈得十分愉快。或许，那正是母亲对父亲的暗中报复。

小叔要回日本的时候，胜吕一家再次前往港口为他送行。那是一个雨天，开往日本的黑色货客船正向大海里排放污水，一队苦力肩扛硕大的水泥袋子，从送行的人群旁走过。

"嫂子，咱们以后也许没机会见面了，"上船之前，小叔突然对母亲说，"不过，我会一直坚持自己的信念。"随后，他用力地摸了摸胜吕的头，右手拎起破旧的行李箱，登上了舷梯。灰色的海鸥在地平线上飞来飞去，发出此起彼伏的尖厉叫声，大连湾的海面起了一点风浪，母亲撑着伞，默默地目送小叔的船远去。

那一年的冬天，小叔甩掉警察的跟踪，去向不明。此后，他再也没有出现过。他去了哪里，会不会被警察杀了，直到现在也不得而知。每当胜吕想起这位小叔，他那灿烂的笑容总会在脑海中浮现。与此同时，母亲目送船只消失在地平线的专注神情，也再一次在胜吕的心中变得鲜活起来。那一天，母亲撑伞凝望着的是什么呢？是大海吗？还是驶向大海的船呢？又或者是年纪轻轻就要为自己的人生追求而牺牲的小叔吗？

胜吕在咖啡店里等待阿达舅舅。他是母亲的远房表哥，过去很照顾母亲，现在是故乡 T 镇里的一名医生。上次见面时，阿达舅舅说他的女儿嫁到了东京，因此偶尔就会过来，胜吕便跟他约好，下次来东京时一定要见上一面。

阿达舅舅慌慌张张地走进咖啡店。只见他从皱巴巴的裤子口袋里掏出怀表，不时关注着时间。

"我要坐九点十分的快车回去。"

"那还有两个小时吧？等会儿我送您去东京站。吃过晚饭了吗？"

"嗯，吃过了。"

阿达舅舅有些不耐烦地摆摆手。胜吕看着眼前的老人，感觉他从落座时起，似乎就不太想跟自己交谈，于是胜吕没再开口，默默地抽起了烟。可是，母亲的亲戚只剩下阿达舅舅一个人，要想打听母亲的往事，只能通过他了。

"我说这话，可能有点儿……不过阿节她……"阿达舅舅的脸上显出不悦的神情，"我觉得她就当不了好老婆。"

这些话语如同一把利刃划过皮肤，胜吕的心里隐隐渗出血来。听到母亲被自己以外的人指责、侮辱，胜吕觉得难以忍受。他强撑着不让情绪表现在脸上，终于，他勉强地露出一点点微笑。

"母鸡怎么能打鸣呢。女人要是想着家务、缝纫以外的事，准没好事。"

像要吐尽苦药似的，阿达舅舅说出了最后这句话。

老人拒绝了胜吕要送他到东京站的提议，他拦下一辆打着空车标志灯的出租车，独自上了车。看着他离去的身影，胜吕清楚，他今后再也不打算跟自己来往了。

回到家后，与阿达舅舅会面的不快感依然堵在心里挥之不去。胜吕烦躁地换起衣服，这时，妻子突然对他说：

"那个，我有事求你。"

"什么事？"

"我能去学刺绣吗？每周两次，一次两小时左右。今天有人来邀我去呢。"

胜吕家的邻居中有一个主妇小团体，他时常听妻子提起，那些女人在悄悄搞什么活动。这次她们找来老师办刺绣学习班，主妇团里的一个人便来邀请胜吕的妻子，问她是否想参加。

"每周两次啊，那稔怎么办？"

胜吕皱紧眉头，抽起了烟。妻子望着他的侧脸，见他迟迟不答应，沉沉地叹了口气。

大连的秋天又来了，阴郁漫长的冬天紧随其后。于是，冻雪之上又飘起新雪的日子开始绵延，壁炉里冒出来的烟继续把白雪染得乌黑。

一天，胜吕正在学校上课时，老师突然把他叫到走廊。

"你家来电话说，你妈妈好像住院了，让你赶快回家去。"

胜吕背上书包，独自一人走在满地积雪的校园。教学楼的窗户里传出学生们上课的声音。今天也是阴云密布，比起担心住院的母亲，胜吕只顾沉浸在早退的窃喜中，带着这种喜悦的心情，他走出了白杨树掩映的校门。

母亲所在的医院，正是胜吕上次生病时住过的那家医院。然而，那些跟他熟识的温柔护士一见到他，什么话都没说，只是面带愁容地指了指病房的方向。母亲病危了吗？胜吕的心中忽然涌起一股不安。

病房的门上张贴着"谢绝探视"的字样，胜吕轻轻推开门，只见姑妈和父亲正站在病床枕边，医生则在不停地拿手电筒照射母亲的眼睛。

"什么病？妈妈得了什么病？"

胜吕急忙问父亲，但他只是一言不发地抱紧双臂，姑妈见状，故作开朗地回答说：

"没事儿，只是吃坏肚子啦，很快就会好的。"

胜吕站在姑妈身后，担惊受怕地注视着母亲的睡脸。沉睡中的母亲发出很明显的呼噜声，她的嘴角插着橡皮管，口水从那里淌了出来。医生似乎跟父亲和姑妈说了些什么，胜吕唯一听明白的是，母亲胃里的东西已经全弄出来了。

"愚蠢。"医生一走出病房，始终交叉着双臂的父亲便嘟囔道，"愚蠢。"

"你就当是遭灾了……最近忍着点儿吧。"姑妈对父亲反反复复地这样说。胜吕听着那些话，似乎隐约明白了母亲住院的原因。他坐到椅子上，双腿开始微微颤抖。

五天之后，母亲出院了。此后的每天晚上，客厅的灯总会亮一整夜。半年前，父亲和小叔就是在那间客厅里争论不休。偶尔，胜吕还能听到父亲严厉的训斥和母亲的哭声。（回首少年时代，那一段时光总是充满了灰暗的色彩。为了不再听到父母的声音，用手指堵着耳朵，躲在被窝里一动不动的记忆也再次浮上心头，折磨着胜吕。）

胜吕实在讨厌放学回家，他讨厌一回家就看到母亲发呆沉思的样子。胜吕把背后的书包弄得哐哐作响，走向和家相反的方向。卖大列巴[1]的俄罗斯老人穿着长靴，踏着冻雪朝他走来。那位老人不只卖大列巴，还贩卖日本梜鲴和写着赞美诗的书等，他的眼角总是堆着眼屎。小少爷这是要去哪儿呀？他总是在胜吕身后这样问道。

大雨倾盆。从屋顶上淌下来的雨宛如一道瀑布，落在院子里的八角金盘上，激烈的雨声听起来就像有人砸小石子，持续了好几个小时。整个上午大雨都没有停过。

午后，太阳终于出来了。挂满雨滴的树木和邻家的屋顶被照得闪闪发亮，天空眼看着就湛蓝起来，一切都像重新活过来似的，又开始了呼吸。胜吕站在檐廊上，忽然觉得有一种似是悔恨又似是自责的情绪直往他心上涌。虽然他不明白为什么会突然陷入这种情绪，但他隐约感到，自己的脑海中回荡起这样的声音——你的人生是个谎言。

"喂，"片刻过后，他对妻子说，"咱们的生活，要不要重新来过？"

说完这些话，胜吕暗自想，或许是雨过天晴后万物复苏的鲜活景象，促成了他的一时激动。

"要重过些什么呢？"

1　大列巴："列巴"是俄罗斯语"面包"的音译，因为个大，常被称作"大列巴"。

"具体的我也说不清，我就是觉得，现在的生活是在伪装自己。"

"你说什么呢，真是的，你不是说不会再为明天忧虑了嘛。"妻子转头看向胜吕，鄙夷似的说道。

"你说话怎么跟小孩似的。"

方才的激动好像一下子就蔫了、谢了。"唉……"胜吕长叹一声，仰面躺在榻榻米上。随后，他转头看向儿子："爸爸要去散步。稔，一起去散步吧。"

父亲要带自己去散步，这让胜吕不知所措。于是，他把双手插进脏兮兮的外套口袋，惴惴不安地跟在父亲身后，慢慢走出了家门。肮脏的黑色残雪被铲到道路两边，只有路中央被来往的行人踩得硬邦邦的。

"你之前说想要《丛林之书》[1]是吧？"父亲忽然转过头来问他，"妈妈还没给你买吗？"

"嗯。"

"那就现在去买吧。"

胜吕用长靴的鞋尖磕打着被踩得坚硬的积雪，默默摇了

---

1 《丛林之书》：英国首位诺贝尔文学奖得主鲁德亚德·吉卜林（1865—1936）的代表作品。故事以孤儿莫格里在丛林里的经历为主线，用寓言式文字描绘了丛林中各种动物的思想和生活。

摇头。

"怎么了，不想要了？"

"已经读过了，找朋友借的……"

然而这是谎话。也不知是为什么，一听父亲说要给自己买书，胜吕只想着赶快摆脱掉他的这种温柔。

父亲满脸失落地注视着儿子，突然用严肃的声音说：

"那个，你听好了，可能你已经注意到了……"

胜吕的长靴下，小小的雪块被踩碎了。

"爸爸跟妈妈合不来，所以我们决定分开过。"

胜吕咬紧牙关，继续把裂开的雪块踩得更碎。泪水眼看着就要溢出眼眶，但是胜吕不停地告诫自己，不能哭，不能哭。

"所以，你是跟爸爸一起住，还是跟妈妈一起？我得先跟你说清楚，你妈妈以后必须自己出去工作挣钱，要想让你吃好穿好，又供你上学，是非常困难的。虽然你妈说一定要带你走，但是那样一来，你就……"父亲停顿了一下，"比方说，你连好学校也去不了。如果你上不了好学校，等你长大工作了就没法出人头地。所以我觉得，你跟爸爸一起住比较好……当然了，你随时能去见你妈妈。"

父亲之后的话，胜吕一句也没有听进去。站在空无一人的灰色雪道中央，父亲对胜吕没完没了地说着。然而他的大脑已一片混乱，只是茫然地盯着父亲动个不停的嘴巴。

"怎么了？"

"不，我不要这样。"

胜吕对父亲的抗议只有一句话，但这已耗尽他全部的胆量。在还是孩子的胜吕看来，父亲太卑鄙了。虽然他说不清理由，但就是觉得父亲太卑鄙。

"我不想去什么好学校。"

"说什么蠢话，男人要是没学历……"

此后的二十多年间，少年时代的那场对话，不知在胜吕的心里重演过多少遍。每每此时，他的眼泪总是情不自禁地往下流。胜吕在那个黄昏咬紧牙关忍住的眼泪，借由那段回忆，一次又一次地淌过他早已长大成人的脸庞。他哭的不是父亲以上好学校这种肤浅的理由为借口，要把他留在身边，而是即使上不了好学校，他也应该选择跟母亲走，然而事实是，他抛弃了母亲。自己当年的软弱和卑鄙，才是他痛苦的真正根源。

那天晚上，姑父和姑妈来到家里，把胜吕叫到面前。

"你呀，想什么时候见你妈妈就什么时候见。你是这个家里的儿子，是要传宗接代的，不住在这儿可不行啊。"

被如此逼迫，胜吕只能以沉默回应。于是，姑父和姑妈擅自把他的沉默当成了应允。

"你还小，什么都不用考虑，"姑妈说，"交给我们处理就行了。"

那个时候，自己为什么没有鼓起勇气，说想跟母亲一起生活呢？是在顾虑自己的未来吗？有这个原因。还是因为跟母亲生活充满了不确定性而感到不安呢？这个原因也有。此外还有对父亲的怜悯。姑妈的花言巧语也确实让人不知所措。当时的心理裹挟着各种各样的原因，胜吕很难断言究竟是哪个起到了决定性作用。

可是，不管理由是什么，背叛母亲、抛弃母亲的事实无法改变。直到今时今日，这都是胜吕心里的一个死结。自责的念头越强烈，胜吕对父亲的厌恶就越深切。为了掩饰自己的软弱，他对父亲越来越疏远。理性让他觉得这样不对，但就是控制不住那种情绪。

胜吕还清楚记得，被姑父和姑妈耐心嘱咐过一番后，第二天早晨，他连母亲的脸都不敢再看。女佣站在一旁伺候，他偷偷摸摸地吃着早饭。就在这时，母亲哭肿着双眼走进了餐厅。

"少爷，你又把饭弄到地上了。"女佣说。

母亲在他对面坐下，她尽量让声音保持冷静，对胜吕说了句早上好。

"再磨蹭就要迟到了。"

胜吕不敢直视母亲，他放下筷子，逃也似的离开了餐厅。抛弃母亲的自己实在太可悲、太肮脏、太卑鄙了，这种情绪在胜吕背后狠狠批判着他，他匆匆背上了书包。"妈妈，我要和您一起生活"，这些话语如同呜咽声，卡在胜吕的喉咙里，然而，当他再次朝餐厅走去时，姑父和姑妈的声音传入耳畔。

"已经起来啦，阿节。"姑父假惺惺地问候母亲，"晨报送来了吧。"

一听到那声音，胜吕下意识地停下脚步，想对母亲说的话也跟着哽在了喉咙。

"你不用担心。"

胜吕刚刚在玄关穿好长靴，就听到姑妈悄悄走近，低声对他说：

"你妈妈不会生气的。再说，你要是想见她，随时都能见，就跟现在一样。不过，她要先离开大连一个月。"

姑妈说母亲就走一个月，很快就会再回到大连。但那只是大人们为了不让孩子受刺激而说的谎话。然而胜吕却愚蠢地相信了。那是因为，连母亲自己都向他保证，一个月后肯定回来。

"乖乖等我回来，"母亲确实这样跟他约定过，"要好好听姑妈的话。"

当时的母亲，竟然要在儿子面前那么辛苦地演戏，胜吕到现在才深切体会到她的不易。如果自己也陷入母亲那样的处境，一定也会在稔面前故作坚强。一周之后的一个清晨，当胜吕醒来时，母亲不见了，父亲、姑父和姑妈也不在。

"我说了我也要去送行，"他哭着跟女佣极力争辩，"为什么不叫醒我啊？"

"船走得很早啊，少爷你起不来的。"

女佣摇着头，继续说："船，走得很早的，少爷你起不来。"

校园里刮起一小股旋风，报纸乘风盘旋而上，飞向黑沉沉的天空。胜吕将一只手插进口袋，一动不动地注视着那张随风飞舞的报纸。

一位中年女性从教学楼门口走出来，穿过空无一人的校园，慢慢朝胜吕走来。

"我就是鲇川……"

胜吕急忙鞠躬致意，说自己是从前在这里供职的胜吕节子的儿子。中年女性发出略显惊讶的声音，回答说自己曾受教于胜吕的母亲。

"我听说老师过世了……可惜还没去她的墓前祭拜过。"

随后，她看了看手表，辩解似的说道：

"虽说是受教，其实我只是上过老师的课……也不是很熟悉。"

可是，母亲的遗物笔记本里写着这位鲇川女士的姓名和住址，胜吕就是看到那个才找来的。

"家母，不太受学生的欢迎啊。"

"不，没有那回事，没有……"鲇川女士赶忙摇头，"她就是，稍微有些严格。"

"是她的教学方式吧。"

"嗯……"她回答得含糊其词，"我觉得，是我们达不到老师的要求，跟不上她的节奏。"

灰尘被旋风卷起，在空中团团打转。鲇川女士又看了一眼手表。

"您的意思是……抱歉，我想多听听母亲的事。"

"我也不知道该怎么说才好，老师在音乐上的追求，比我们认为的更高，跟不上她节奏的人……"

鲇川女士的嘴角浮现出意味不明的笑容。

"跟不上她节奏的人？"

"其实，老师的很多事，我们也不是不理解。"

那个意味不明的笑容依然挂在鲇川女士的嘴角，仿佛是在默默地说："其实我们真的很受不了她啊。"就像父亲从前为母亲伤脑筋一样，或许她的学生们也有同样的感受吧。

"非常抱歉，我还有事……"

"啊，是我占用您太长时间了。"胜吕赶忙低头致歉。

和刚才一样，鲇川女士又慢慢穿过无人的校园，返回了教学楼。胜吕双手插兜，望向教学楼，那里就是母亲从大连返回日本后，教了三年音乐课的地方。当然，那幢建筑也和母亲的小学母校一样，早已被重建成了混凝土楼房。

（跟不上她节奏的人……）

鲇川女士的话仍然在胜吕耳畔徘徊。父母尚未离婚的时候，或许是出于对父亲的蔑视，母亲的脸上总是挂着顺从而冷淡的笑，然而离婚之后，随着年龄增长，她变得越来越易怒。偶尔，她甚至表现得歇斯底里。胜吕并不想回忆起那些事，只是，为了追寻母亲的过往，他不得不这样做。

（跟不上她节奏的人……）

胜吕回想起母亲被这所学校辞退时的光景。这里的校长大概是对母亲说，学校的音乐课是为了提升学生的艺术素养，不是要培养音乐家。但是对母亲而言，这世上根本没有为了提升艺术素养而存在的音乐。母亲那被小提琴的琴弦磨出许多裂口，长着硬茧的手指，浮现在胜吕眼前。每到冬天，那双手就会被琴弦割伤，渗出鲜血。

母亲回日本后的第二年，父亲也带胜吕回到了日本。辞去"满铁"的工作，他开始在兵库县的教育局上班，那个时候，胜吕已经升上中学。

这是胜吕第一次来日本，他觉得这里的一切看起来都小而杂乱。整个城市、街道、民宅，跟大连相比都显得那样贫穷、小气。胜吕的家在阪急电车的六甲站附近，房前有一块长满荒草的待售土地，与他同龄的中学生们每天都会在那块空地上玩耍，可胜吕就是无法跟他们打成一片。

胜吕当然知道母亲就在东京，因为她总是按时寄信来，父亲也不反对他给母亲回信。可是，父亲从来没有送胜吕去东京见过母亲，也没让她来过神户。母亲每次都会在信上说，总有一天会把胜吕带回身边。胜吕一边期盼着，一边又害怕那一天的到来。

九月，姑妈从大连来到神户。住在胜吕家期间，姑妈基本上没有在父亲面前提及胜吕的母亲，但她却把胜吕偷偷叫到走廊上。"很想见妈妈吧……"她低声说，"别担心，肯定会让你见着的，就交给姑妈吧。"

然而，胜吕总感觉姑妈的语气里透露着一种想装好人的狡猾，他低下头，什么都没说。当天深夜，胜吕起夜经过走廊时，透过映着昏暗灯光的隔扇，听到了父亲与姑妈的对话。

"阿节好像去哪儿都干得不顺啊。东京的井口给我写信说，光是工作的地方，她就换了两次呢。"

"还不是因为她不知道跟别人妥协，"父亲断言道，"不管去哪儿，结果都一样。"

"阿节那性格，不彻底改改不行啊，所以她才不招人待见。"

胜吕站在走廊，回想起姑妈白天向自己打包票时的那副狡猾嘴脸。尽管不清楚具体情况，但胜吕听明白了，母亲工作的学校换了好几次。虽然她在信上说以后会带自己走，可是那样一来，他一定会成为母亲的累赘。到头来，如同母亲那失败的婚姻生活，她在工作上也不能获得满足。

不过就在那一年，胜吕终于见到了母亲。她从东京到大阪来，经年未见，母亲面色苍白，看起来很疲惫。一见到胜吕，她的脸上就淌下泪来。他们在梅田[1]的百货商场一起吃饭，又去屋顶上找了一张长椅小坐。对胜吕而言，那是许久没有过的幸福的一天。

"什么都行，"母亲对他说，"一定要找到只有你能做的事。如果是人人都能做到的事，自有其他人去做。你要好好想一想，靠你的这双手能做些什么。"

"但是爸爸总说，平凡最好，平凡是最幸福的。"

母亲的脸上顿时露出不快的神色。

"你好好想想，妈妈拼命努力到现在，都是为了什么？"

母亲的一番话，胜吕当时不以为意，但是当它在脑海中反复重现，让他不断回忆起母亲时，不知为何，只有这一句话留在了胜吕心里。不过，那是很久以后的事了。

1　梅田：位于大阪市北区的商业中心，是大阪站以及百货公司、银行、饭店的聚集地。

那段时间，即便放学回家，对胜吕而言，没有母亲的家显得毫无可爱之处。他只是因为放学后无处可去，才选择了回家。那是有女佣看家的，属于父亲的家。家里为他准备的点心也充满了义务的味道。胜吕吃着点心，躺在地上，久久地望着天花板。他不去学习，也不玩耍，直到日暮来临，拉门被咔嗒一声打开。胜吕的成绩眼看着一路下滑，老师把他当成无药可救的问题学生。他的可取之处只剩下不会在学校里惹乱子干坏事。胜吕不是不做坏事，而是连坏事怎么做都不会。

母亲不知道胜吕堕落成了这样。她每月寄来的三封信上，写的尽是些胜吕做不到的事。比如，希望他初中毕业后，一定要考入国立高中，以及成绩必须排在前十名以内。可是胜吕的真实成绩是班里的倒数第三。如果老师听说他要考国立高中，肯定会嘲笑他。母亲什么都不知道，因为胜吕绝不会把这些令她幻灭的事情写进回信。当然，只要父亲不跟母亲通信，他的这些谎言就不会被戳穿。

（当时为什么要对母亲撒谎呢？）

胜吕之所以撒这么明显的谎，绝不只是出于虚荣心。母亲与自己分隔两地，独自生活，心软的胜吕不愿再让母亲承受更多伤害。一想到不能让母亲为自己担心，胜吕不禁在信里写满了他每天都精神饱满地去上学的假象。

这一年的年底，姑妈又从大连来到神户。这一次是为了他们举家搬回日本而做准备，同时也是为了给父亲介绍一门婚事。

"来，坐这儿，姑妈给你切块羊羹。"姑妈还像从前一样命令胜吕坐在面前，自己点起一支香烟，"你放学回来，一个人等父亲回家也很寂寞吧，再说，你爸毕竟是个大男人，需要老婆照顾他。"

就和从前谈起父母离婚时一样，胜吕保持沉默。而姑妈也再一次把他的沉默当成了同意。

"为了你爸，还有以后来家里的新妈妈……以后可不许再提起阿节了啊。不管你心里多想她，也绝对不能说出来哦。"

这是姑妈第一次在胜吕面前称呼他的母亲为阿节，又把父亲的未婚妻说成是他的新妈妈。这样的称呼让胜吕的内心很受伤，但他嘴上什么都没说，哪怕是一个"不"字。他感到时至今日，自己对母亲的背叛仍在继续，于是他保持沉默。起初，大人们告诉胜吕，他可以想什么时候见母亲就什么时候见。但是回到日本之后，和母亲见面几乎成了不可能的事。这次，大人们又说有一个女人要成为父亲的妻子，而且在那个女人和父亲面前，他不能提起自己的母亲。就算这不是大人们的圈套，胜吕也觉得自己活像一条被线死死缠住的虫。不管这件事的责任在谁，从结果来看，是他促使母亲一步步陷入孤独，又彻底抛弃了她，这早已成为不争的事实。

"你听好了，不管是谁，要是这点儿苦也吃不了，在这世上就活不下去。"姑妈一边把香烟塞进火盆，一边对胜吕说，"你不学会忍耐可不行。"

尽管说了不便携带，继母还是赶忙打包好腌萝卜，又在嘴角挤出一些干笑：

"这不是给你的，是给近子和稔吃的。"

"对，拿着吧。"父亲也兴致高昂地站在玄关附和道，"不过这东西味道大，路上注意点儿。"随后，他又郑重其事地递来另一个包裹——李商隐传记的稿子，说，"那这个就拜托你了。"

双手拎着包裹，胜吕在暮色中向车站走去。对他而言，这两个包裹都是一种沉重的负担。他去出版社自荐小说都觉得难为情，父亲那些不知所谓的书稿，又要如何带去A社呢？坐在车站的长椅上，腌萝卜奇怪的臭味向四周弥漫，胜吕抖着腿，等待电车到站。

（不会拒绝真是种糟糕的性格。为什么没在父亲一提起这件事时，就明确地拒绝他呢？）

父亲好不容易写出来的书稿，自己却什么忙也帮不上，身为儿子感觉过意不去吗？看着父亲努力的神情，胜吕不由得动了怜悯之心。从前，在母亲那件事上，我始终没能对姑妈说出

"不"字。因为自己的懦弱，我没能说出"不"。正是这种糟糕的性格，让母亲陷入更加孤独的境地。望着车站对面的晚霞，胜吕再一次体味着不知是悔恨还是自责的情绪。

回到家，一看到门外停着摩托车，胜吕便感觉出事了。他匆匆打开家门，只见诊所医生正要离开，这时妻子急忙开口："老公，稔发高烧了。"

"他怎么了？"

"啊，有点小状况，"医生边穿鞋边解释，"我正在跟夫人说让孩子住院的事。"

"医生说严重的话可能会变成小儿麻痹。"

"不不，"医生看着表情僵住的胜吕，摆手道，"我说的是，万一发生那种情况就糟了，所以还是小心一点儿比较好。不过应该只是感冒罢了。"

稔病得浑身没劲，淌着汗睡着了。胜吕连西装也顾不得脱，拧干枕边洗脸盆里的毛巾，为稔擦拭起发烫的额头。

"那就住院吧。"

"嗯，这样你们也更放心。"

跟妻子在玄关小声交谈过一番后，医生离开了。

"怎么办呀？"

"什么怎么办，不是已经定好了吗？"胜吕大声嚷道，"让他住院。"

"钱，没问题吗？你……"

"我来想办法。"

看来之前不该花掉那两万日元的，可是现在后悔也于事无补。再说，两万日元也不够住院。

"昨天，妈妈去听了S阿姨的音乐会。你也知道，妈妈现在不能经常去听音乐会（经济方面的原因），但是S阿姨是妈妈跟莫吉列夫斯基老师学琴时认识的朋友，无论如何我都想去听一听。我们有八年没见面了，这让我对她的演奏更加期待。但是说实话，那一天的演奏让我非常失望。S阿姨选择的曲目是赛萨尔·弗兰克[1]的奏鸣曲（你不妨也听一听），可是她的演奏只听得到技巧。

"这么久了，虽然妈妈一个人过得很辛苦，也没法照顾你，但是为了弥补这一切，我一直在努力学琴。每一天，每一天，妈妈都在不停地学习。所以依我的见识来看，S阿姨只是在用技巧演奏，至于音乐的本质，她完全不懂。任何人通过练习都能掌握演奏技巧，但妈妈一直觉得，音乐里还应该包含更加高深的东西。演奏会结束后，我独自走在夜路上，思考了关于你的事。我希望你不要成为只会追求技巧的人，不要过只

1　赛萨尔·弗兰克（1822—1890）：法国作曲家、管风琴演奏家。

充斥着技巧的人生。就算身边的人都说那样更幸福，你也不能盲从。"

放学回家后，这封信被端正地摆在胜吕的书桌上。显然，信是继母拿来的。她是以怎样的心情从邮件里挑出这封信，又放在那里的呢？胜吕瞥了一眼无人经过的走廊，拆开了信封。母亲的信一直是这样，让人感到悲伤和不安，母亲对他的期望太高了，她要求胜吕也去过像她那样的人生。然而，这份充满母爱的期望，不知不觉间变成了沉重的负担。虽然胜吕的身体里流淌着母亲的血，但是从父亲身上遗传的性格也混杂其中。因此，尽管胜吕想要反抗，像父亲那样度过平安无事的一生——这样的念头却不停拉扯着他。

"虽然妈妈没给过你其他东西，但是跟一般的妈妈不同，妈妈能把自己的人生奉献给你——我是带着对你的愧疚，把这些话说给自己听的。人人都选择走安全的柏油马路，正因为没有危险，人们都觉得那样的路才是对的。可是回头看时你会发现，我们无法在那条安全的路上留下哪怕一个脚印。海边的沙滩虽然难走，但是当我们回头，就能看到自己的脚印一个一个地留在了地上。妈妈选择过这样的人生。希望你也不要走柏油马路，绝对不要去过那种无聊的人生。最近，妈妈的心脏似乎不太好，胸口经常突然揪着疼，真是伤脑筋。"

读这封信时，胜吕心中充满了不安，他担忧的不是母亲的心脏，而是她时常提起的那句"不要走柏油马路"。胜吕把信藏进抽屉深处，他可不希望继母在打扫卫生时看到它。唯有母亲的来信，胜吕不允许任何人触碰，尤其是他的父亲、姑妈和继母。只是，他视为秘密的那些字字句句，沉甸甸地压在他的心头，一如既往。

胜吕在榻榻米上翻了个身，直到黄昏时分，他一直呆呆地盯着天花板上的污渍。跟母亲的来信无关，他只是不想学习。其中还夹杂着一丝报复父亲的心思，他可不想用学习成绩去讨父亲的欢心。继母瞥了一眼躺在地上的胜吕，默默走进房间，她把洗好的袜子、内衣放进衣柜后，什么都没说就离开了。她那行事麻利的背影，给人一种只是在尽义务的感觉。

"你之前问过妈妈，什么时候会办演奏会，其实我现在完全没那个打算。因为妈妈还没准备好能演奏给别人听的曲目。音乐不只有演奏技巧，它还应该包含更高层次的东西，可是妈妈怎么努力都抓不住它。不过，妈妈开始尝试从一个音节里找出超越声音的东西。只是最近心脏的状况变得更糟了，大家都说我的脸看起来有些肿。"

赏月之夜，继母在檐廊上摆好插着芒草的花瓶，又准备了江米团子。晚饭过后，父亲洗过澡换上浴衣[1]，摇着团扇，坐到檐廊上后，随即开口道：

"月色正好呢，快来看啊。"

随后，他津津有味地喝起了啤酒，还邀请继母也来一杯。

"像这样一家人聚在一起赏月，真不错啊。"父亲高兴地看向胜吕和继母。

"今年也平安无事，没做让人背后说闲话的事……这就是幸福吧。"

"孩子他爸，你又开始训话啦。"继母一边把江米团子递给胜吕，一边说，"我们都听腻了。"

"听腻了也没事，反正我说的是事实。"

月光将小小的庭院以及庭院对面的那片荒地照得一片莹白。阪急电车穿行而过的声音不时传来。胜吕看着父亲将点心碟子放在膝头，他的侧脸露出心满意足的神情。咀嚼团子时，父亲的太阳穴会不停地颤动。继母的太阳穴也微微抽动着。胜吕悄悄望着那两个人的侧脸，暗自想，此时此刻他们对母亲这个人作何感想呢？当父亲沉浸在安稳的幸福中时，他是不是忘了那份幸福的背后还有一个孤独的女人？对父亲与继母隐隐约约的恨意在胜吕心中萌发，他怔怔地端着点心碟子，低下头去。

1　浴衣：指日本人在夏天穿的轻便和服。

"怎么了，不吃了吗？"

"哎哟，平时不都是吃五六个嘛。"

听继母这样说，胜吕无可奈何地挤出一点笑容。可他心里却对强装笑脸的自己感到无比厌恶。

胜吕端端正正地坐在帝国酒店的大厅里。身处这样的场所，连鞋子上的污渍和裤子膝盖的鼓包都显得格外扎眼，胜吕羞耻极了。他觉得周围的外国人好像都在盯着自己看。

体态丰腴的S女士在大厅正中停下脚步，跟服务生打听过胜吕的位置后，点点头，大剌剌地走了过来。她看起来比报纸和杂志上要老得多，脸色也很不好，再加上强行装嫩的妆容和服饰，反倒让她脸上的皱纹更加醒目了。

"你就是阿节的儿子？"她瞪大眼睛打量着胜吕的衣着，"咱们以前还见过呢，在大连，那时候你还小呢。"

只见她从手提包里取出香烟和一个小金属盒，又朝嘴里塞了一颗白色药片：

"我气喘得很厉害吧，心脏不好。"

"家母的心脏也不太好。"

"我知道。"

S女士点燃一支香烟。胜吕回想起很多年前，她来自己大连的家中留宿时，鲜红的香烟火光在黑暗中忽明忽灭的情景。

那个时候，她还责备妈妈不该放弃小提琴。

"阿节的命真不好啊。"

这句话也稍稍刺痛了胜吕。在父亲眼中，母亲是个连婚姻和家庭都经营不好的女人。但是，听到和母亲一样演奏小提琴的S女士说她的命不好，胜吕一时不知该如何回应。回到日本后，母亲一次演奏会都没有开过。不，不是没有开，而是开不了。一介音乐老师却想开演奏会，这世上存在这样的人吗？

"说到底，阿节她……"S女士又往嘴里放了一颗药片，"她把缰绳拉得太紧了。"

"缰绳？"

"嗯，她从没放松过自己的缰绳。那样的话……"

接下来的话，S女士没有说出口。然而，从她的语气里，胜吕听出了她对母亲的态度。S女士夹着香烟的手指，不像母亲那般伤痕累累。被琴弦割伤，变色变硬的老茧，并没有出现在她的手上。

向S女士致谢道别，走出酒店时，外面正在下雨。胜吕走在雨中，全身越淋越湿，这时，一股强烈的愤怒冲上他的心头。父亲怎么说母亲都无所谓，毕竟他就是个俗人。姑妈怎么看母亲也无所谓，因为她对人生的意义本就一无所知。但是，母亲的学生鲇川女士，还有她音乐学校的朋友S女士，就连她们都看不起母亲的人生，这让胜吕难以接受。

"寻找比音乐更高层次的东西。"这句话母亲曾在信里写过很多遍。那个追寻更高层次东西的女人，就是他的母亲。世人却用这种眼光看待她。你们这些人根本不懂母亲的人生，就算你们不懂，但我是她的儿子，我能理解她。他不停地嘟囔着。

回到家时，胜吕激动的情绪平复了几分。妻子的弟弟正百无聊赖地帮他们看家，一见到胜吕从玄关进来，他赶忙说：

"姐夫回来啦，姐姐去医院看稔了。"

两天前，医生排除了稔患小儿麻痹的可能，但他得的是喘息性支气管炎，医生说还需要继续在医院静养四五天。

弟弟离开后，胜吕开始工作，今天的翻译内容意外地耗费时间，傍晚妻子回家时，他只完成了五六页。昏暗的厨房里，妻子嗒嗒嗒地切着菜，正在准备晚饭。今晚好像是她的妹妹去医院陪床。

胜吕从包袱里取出父亲的书稿，翻看了起来。他对这位名叫李商隐的中国诗人并不感兴趣。父亲只是为了找点事做，才想着写一写自己一直喜欢的这位诗人吧。他把书稿翻到最后，不经意地看起了所谓"跋"的部分。"时至今日，无论喜悦还是悲伤时，我都喜欢读一读李商隐的诗。每每此时，我都觉得自己的心弦被悄悄拨动了。"

将书稿放回包袱里，胜吕脸上泛起一丝冷笑。"文学只能当成兴趣"，父亲从前说过的话忽然闪过脑海。那个人即便是写一篇跋，也写得这样煞有介事，真是滑稽又愚蠢。就是他的这位父亲，过着世人眼中安稳太平的老年生活，写着这样的书稿，还惦记着让儿子去帮他出版。（母亲却连一场演奏会都开不了。）愤怒再次涌上心头，他起身走向厨房，打算倒口水喝。

"工作结束了吗？"妻子问他，"我有话跟你说。"

"什么事？"

"没想到住院费这么贵，再加上检查费什么的，一共需要三万日元。怎么办啊？"

胜吕没有说话。因为他很清楚，妻子虽然嘴上在问怎么办，她的心里其实早有打算。

"你的和服，"胜吕没好气地说，"卖了不就行了吗？"

"不用卖也……不能向父亲借吗？"

"不，"他摇摇头，"我不想找老爷子借。"

不过胜吕清楚，到头来他恐怕还是要去找父亲借这三万日元。因为妻子生孩子的时候，自己患感冒卧床不起的时候，他都是找父亲借的钱。

"不想找父亲借……那是能向其他人借吗？"

"所以我不是说让你把和服卖了嘛！"

直到妻子落下眼泪为止，胜吕都固执地重复着这句话。"你没资格瞧不起父亲。"妻子终于哭着对他大喊道。

"你懂什么……少在那儿胡说。"

"我就要说！就你这样，不是还不如父亲吗？"

胜吕双手颤抖，不由得想打妻子，却没能动手。他低垂下头，回想起母亲过世时的面容。在那个幽暗的公寓房间里，橡皮树盆栽被摆放在角落，母亲那苍白的额头上，始终笼罩着痛苦的阴影。

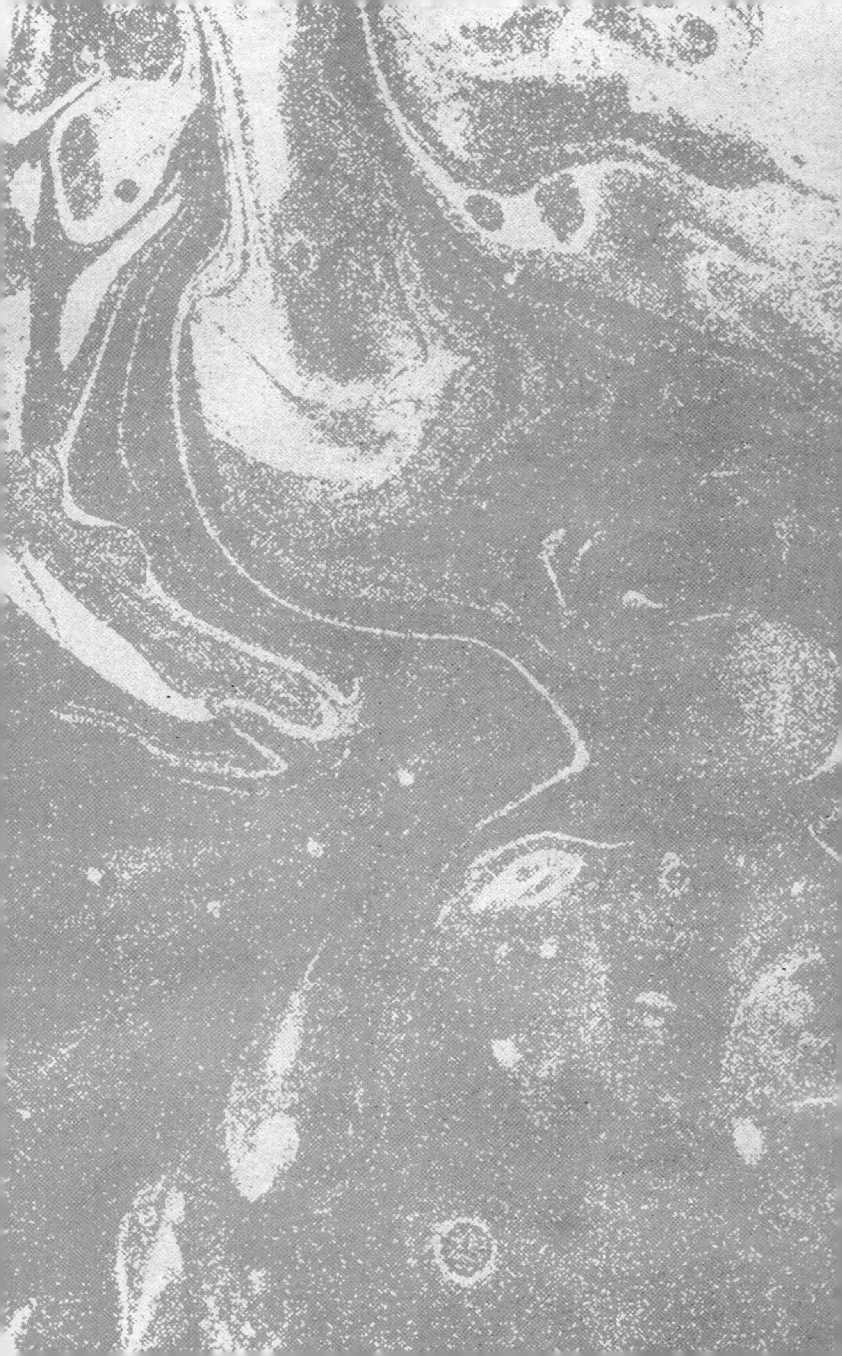

杂种狗

“快把这狗扔了吧，你一开始就知道它是母的吧。”

“不，我不知道。”他拼命地摇着头，“我真的不知道啊。”

“你这人真是的，之前一直说它是公的、公的，亏我信了你的话。”

吃吃稍微歪了歪戴着红色项圈的小脑袋，用呆呆的目光仰望着胜吕夫妇，它不知道胜吕和妻子正在谈论自己。十岁的儿子一边往远处走，一边继续听着两人争论。

“稔，你同意把吃吃扔了吗？”

“我……”儿子露出困惑的表情。

“扔不扔都行。妈妈要是不让养，那也只能扔掉了吧。”

无论是狗还是猫，妻子最讨厌在家里养动物。“到头来都是我在喂食、铲屎，你就负责摸摸头，什么事都不管。”她如是说。事实也确实如此，不过结婚后的这十年间，他多次成功说服不情不愿的妻子一直在家里养着小鸟，还把流浪猫捡回来过。（那只猫在他们搬到现在的家之后就消失不见了。）

当初为了把成问题的吃吃留在家里，他曾对妻子好一番劝说。再者，他们的儿子也随了母亲，对于小动物几乎没什么兴趣。当他们父子俩在散步途中路过附近的牛奶店，看到三只带斑点或纯白色的小狗崽正从纸箱里探出脑袋，哼哼鼻子时，情不自禁蹲下身的是胜吕自己，一旁的儿子则是一脸漠不关心的样子。

"真可爱啊。"

"可爱吧，"牛奶店的老板娘高兴地说，"一共生了四只小狗，有一只已经被客人要走了。"

"我也很想要啊。"

"那您就挑一只吧，反正都是要送人的。"

"别要啦。"儿子拽了拽他的手，悄悄说道，"妈妈会生气的。而且，那是杂种狗吧。"

正因为是杂种，胜吕才觉得那些小狗格外可爱。虽然说不清是为什么，即便是相同的犬种，他就是跟血统纯正、聪明伶俐的狗不合脾气。他喜欢那些性格温和、胆小的杂种狗。

"它的妈妈也是杂种狗吧？"

"是的，有丝毛狗[1]的血统。"

"我不喜欢丝毛狗，不过杂种的还可以。"

最后，他从纸箱里的三只小狗中挑选出一只白色的。因为

1　丝毛狗：指毛发如丝般顺滑的狗，或者长毛的狗。

看到胯下有小小的凸起，胜吕便以为它是只小公狗。那只可怜的小狗竟然右眼生得比左眼小，而且只有右眼眼圈是棕色的，看起来就像是戴了眼镜。它在胜吕的怀里四仰八叉地酣睡着。

"我可不管了。"儿子叹了口气，"肯定会被妈妈骂的。"

不出所料，当天晚上，妻子开始不停地抱怨，胜吕则一如往常地默默听着。其实，他只是装出一副老实挨训的模样，等着妻子说累为止。

他还会这样辩解：

"你看看我，我不像其他男人那样爱打麻将、打高尔夫球吧，酒我是几乎不喝，也不出去玩女人。消遣爱好，我是一个都没有。（说到此处，他突然停下，低垂下头，露出一副可怜相……）我就这么一个喜好，就想养养小鸟、小狗，这也不行吗？"

胜吕的妻子并不是一个本性恶劣的女人，因此，这一番话令她无言以对。就这样，以胜吕负责照顾小狗为交换条件，妻子才勉强同意把狗留在家里。

当年像儿子这么大的时候，胜吕还住在中国大连。那时，家里养着一条棕色的杂种狗。起初，它还有个像样的名字，但是因为太能吃了，渐渐地，大家都开始唤它"吃吃"。

吃吃性格温和，在一家人之中，它跟胜吕最为亲近。

五月，在槐花烂漫的大连，邋里邋遢地背着双肩书包去上学的胜吕身后，总能看到吃吃的身影。途中，就算胜吕想把它赶回家，它也只是站定片刻，朝胜吕摇摇尾巴，然后又跟在他的身后。上课时，吃吃就在操场的角落里趴着，耐心地等待胜吕下课。

"这只狗可有蒙古细犬[1]的血统呢。"胜吕得意扬扬地告诉朋友。

"快看，它的舌头不是红的，有点发蓝，对吧？蒙古细犬都这样。"

放学后，胜吕会领着吃吃一起回家。回到家后，为了出去玩不被妈妈发现，他总是把双肩书包悄悄放在玄关。如果被妈妈逮到，他又要被逼着先写作业了。西公园里的高大杨树下，总是躺着正在午睡的苦力，那里有一条能抓到鳉鱼的小溪。当胜吕在溪水边抓鱼玩儿时，吃吃就会趴在树下，把小脸放在前腿上，像妈妈似的聚精会神地注视着他。

胜吕给那只白色小狗起名为吃吃。虽然它的毛色、长相都和自己少年时代养的那只不同，但是它们俩的食欲都极其旺

1　蒙古细犬：主要分布于中国东北及内蒙古东部等地区的犬种，身形高大，腰长腿长，奔跑速度快。

盛，都喜欢把肚皮吃得圆鼓鼓的。

每天早晨，胜吕总是一睁眼就朝厨房瞥去。厨房门口铺着破旧毛巾的木箱里，吃吃像早已准备好似的，拼命摇起尾巴，抬起一只脚又卧下身子，迫不及待地等人去挠挠它的小肚皮。吃吃的肚皮上有瘊子似的小小乳头，一给它挠痒痒，它的一只脚就会像痉挛了似的抽动起来。

"快看，它只跟我这么亲近。"

胜吕向妻子炫耀道。妻子却冒出这么一句：

"这只狗对谁都那样。"

事实上，吃吃确实见到推销员、邮递员也会压低身体靠近，摇起尾巴并立即四脚朝天地仰面躺下。杂种狗和纯种狗不同，它们生来就知道，不摆出讨好姿态就得不到食物。战后不久，胜吕的一位前辈家里闯进一只狗，每周的周一、周三、周五，它都会准时出现在那位前辈家里，而在周二、周四和周六，它又会跑去别人家。那是战争刚刚结束，食物短缺的时期，杂种狗也必须运用智慧才不会被饿死。

"怎么可能有那种事啊。"

"我也不知道真假，但是，杂种狗就是这么可爱。"

儿子曾训练吃吃进食和坐下，它却怎么也学不会。或许它也为自己学不会而感到抱歉，竟然会露出惭愧的表情。

"这只狗是不是笨蛋啊？"

儿子渐渐厌倦了训练小狗，不再理睬吃吃。当儿子放学回家，坐在庭院里吃点心，吃吃摇着尾巴靠上去时，他总是喊着"No、No"，把吃吃赶走。

"你为什么讨厌它呢？"

"你看它多脏呀，而且还笨笨的。它要是像灵犬莱西[1]那样还差不多。"

"只要你多多疼爱它，什么狗都会变聪明的。"

"不可能，它就是只杂种狗，天生就笨。"

胜吕拉下脸来。他想训儿子几句，却不知该说些什么，迟迟没能张口。

（父亲和母亲分开时，我和他一样，只有十岁。）胜吕看着正在斥责吃吃的儿子，想到了从前的自己。

十岁那年的冬天，胜吕父母之间的关系变得紧张起来。晚饭时间，他常常看不见父亲的身影。偶尔，三个人一起围坐在餐桌前，父亲的目光也总是尽量避开母亲，神情冷淡，只顾张嘴吃饭。母亲则用异常温柔的声音，只跟胜吕一个人说话。爸爸妈妈为什么这么抗拒彼此，还是孩子的胜吕并不明白。他只

1　灵犬莱西：指英国作家艾瑞克·莫布里·奈特的作品《灵犬莱西》中的主角牧羊犬莱西。该作品于1938年发表后成为全世界家喻户晓的儿童读本。

能小心翼翼地窥看着父母的脸色，继续吃自己的晚饭。

晚饭过后，客厅里的灯总是一直亮着。现在想来，那一定是爸爸妈妈在谈离婚的事，但是在当时，胜吕躲在房间里依然能听得到父亲激烈的怒吼声和母亲的啜泣声，他的心里难过得不得了。为了不再听到那些声音，胜吕只能用手指堵紧耳朵。

大连的冬天，下午四点左右天就开始黑了。壁炉冒出的黑色煤烟在冻雪上匍匐流动。放学后，胜吕总是继续留在学校，或是在外面四处游荡，直到家家户户都亮起灯才肯回家。他不想一回到家就看到幽暗的房间里，如一尊灰色石像般一动不动坐在那里沉思的母亲。那个时候，吃吃总是跟在胜吕的身后。它停下脚步，朝着被苦力们扫到路旁的积雪，猛地把鼻子插进去，然后急忙刨开那些雪，又或是一边在路边留下黄色的小便标记，一边不离不弃地跟在胜吕身后。只要胜吕一停下来，吃吃就会歪着脑袋，用悲伤的目光呆呆地望着他。

"横沟，出来玩儿吧。"

"不行啊，快吃晚饭了。"

冬天的黄昏，胜吕的朋友们都不再出门玩耍，他只能独自一人漫无目的地游荡。

"真不想回家啊……"

到了必须回家的时候，胜吕长长地叹了口气。他一转身往回走，吃吃也赶忙跟着掉头，继续耐心地跟在他身后。它一会儿把脸伸进积雪里，一会儿又把积雪刨开，然后紧跑几步，跟上胜吕。回到家后，痛苦的晚饭时间和母亲的啜泣声就又开始了。

（因为稔没有我这样的童年经历，所以才不喜欢小狗吧。）有时，胜吕会这样想。

看到儿子冷漠地赶走吃吃，胜吕庆幸自己至今没有跟妻子分开。当然，即便是像他这样的男人，也多少会对妻子心怀不满。不过，之所以从未考虑过离婚，是因为他不想让儿子经历自己少年时代的那种孤独。在父亲与母亲彼此憎恨、彼此伤害的那些日子里，他无法对任何人倾诉自己的痛苦。母亲会在胜吕面前说父亲的坏话，父亲则是偶尔心血来潮才对他十分温柔。然而对胜吕而言，父亲的温柔是一种沉重的负担。因为他觉得那是对母亲的背叛。所以，胜吕只能把自己的悲伤说给小狗听。那只棕色的杂种狗是胜吕少年时代唯一的伙伴，只有它知道胜吕心中的孤独。它就那样歪着脑袋，目光哀伤地凝望着站在黄昏雪地里的主人。

"这小狗太丢人了。"

妻子说。

"怎么了？"

"今天去肉铺的时候，吃吃一直傻乎乎地跟着我，然后呢，不知是哪家的太太牵着一只又高大又漂亮，好像是叫大丹犬的狗也来了店里，肉铺小哥扔给它一根骨头，它看也没看一眼。可是吃吃一看到那根骨头就乐呵呵地扑上去了，好像它在家里吃不上饭似的。那个肉铺小哥还挖苦我说，杂种狗真是不如纯种狗呀。"

"那种问题，训练训练不就能解决吗？"

"它连进食的指令都听不懂，再怎么训练也没用。要我说，还是把它还给牛奶店吧，你要真想养狗，还是找一条血统纯正的吧。"

"就是啊，爸爸，养一条灵犬莱西那样的狗吧。"

就连儿子都在附和妻子。胜吕心里恼火，低头看向报纸。他不只是为狗的事在生气，他讨厌妻子和儿子的那种思考方式。

去年，当他们犹豫是否要卖掉汽车时，胜吕也有过相同的心情。当时，妻子提议把家里开了三年的二手奥斯汀汽车卖掉，换一辆新车。

"只要凑够首付，剩下的可以每个月分期付款，那样还比较划算。"

然而，胜吕异常爱惜那辆老车。它的车体外观不够精致，车漆也开始剥落，爬坡的时候，那辆老奥斯汀不知从哪儿发出气喘吁吁似的声音。但是每次听到那种声音，胜吕都会觉得它跟自己很像，这不就是背负着发福的老婆和孩子，气喘吁吁地攀爬人生这座高山的我自己吗？在胸部手术中失去一个肺的胜吕，只要爬点儿小坡就会喘个不停，就像那辆破车一样。

"不要，我不想卖。"

"可是那辆车马上就开不了了。"

"要是开不了了……你就要把它卖掉吗？"

"当然啦。"妻子说。儿子也说讨厌那么破的车。当时，胜吕陷入和现在相同的不快情绪中，没有再说一个字。

"就是啊，为什么……"

"人家说它是杂种狗，你就觉得丢人……那你怎么不说它是波斯犬呢？"

妻子笑了，看来吃吃这一次也逃脱被扔掉的命运了。

不过，类似肉铺那样的遭遇，后来又接连发生了几次。胜吕跟妻子、儿子一起散步时，一位牵着纯种丝毛犬的太太迎面而来。冒牌丝毛犬吃吃摇着尾巴，靠近那条正牌丝毛犬，两条狗有相像之处，但到底不大一样。正牌丝毛犬用惊奇的目光看着吃吃，那位太太则露出轻蔑似的冷笑，从胜吕一家身旁走过。

"啊啊，丢死人了。"

儿子故意扯着嗓子抱怨。

一天，父亲那位同样住在大连的姐姐来了。她戴着金闪闪的戒指，胳膊肘撑在桌上吸着香烟。胜吕一直不太喜欢这位姑妈。她在胜吕家里住了三四天，母亲一走开，她就会突然压低嗓门，跟父亲说起悄悄话。

傍晚，她突然来到胜吕的房间。当时，胜吕正在拼装少年杂志附刊的模型，他一回头就看到姑妈正叼着香烟，一边收拾胡乱放在榻榻米上的小刀、糨糊和纸张，一边说：

"给压岁钱还太早，姑妈就给你点儿零花钱吧。"

胜吕警惕地盯着姑妈，小小的他有种预感，姑妈是为了对自己说某件大事而来的。

"那个，你可能还不知道，你妈妈要回一趟日本。"

"为什么？"

"有很多，重要的事要办。大概，两三个月就回来了。所以，这段时间你来姑妈家吧？"

胜吕不说话，他知道姑妈在对自己说谎。紧接着他不安地想到，妈妈要是回了日本，或许就不会再回来了。

"来姑妈家吧，那，就这么定了。"

姑妈的声音很温柔，但她的语气却十分强硬，容不得胜吕说不。

不单是姑妈，就连妈妈也向胜吕保证，她只回日本两三个月，这才让胜吕内心的不安平息了几分。

一天早晨，胜吕睡醒时，妈妈已经不在了，爸爸和姑妈也不在。问过女佣后才知道，大家都去港口送妈妈了。胜吕顿时明白，他被大人们给骗了。

去姑妈家那天，当胜吕拎着双肩书包和行李箱坐上马车时，吃吃一直追到了家门外。

"吃吃怎么办？"

"妈妈回来之前，吃吃会乖乖陪着你爸爸看家的。"姑妈瞥了一眼父亲，继续说，"你偶尔回来看看它不就行了。你姑父不喜欢狗，不能带过去。"

马车夫还在跟父亲协商车费，在他们讨价还价的这段时间里，吃吃一直远远地望着胜吕。胜吕唤它的名字，它只是缓缓地摇起尾巴，并没有靠近。它是在害怕马，等马车一出发，吃吃便跟了上来。直到知道自己再也追不上马车的时候，吃吃才停下脚步，久久地目送着胜吕。

胜吕从没有跟儿子讲过自己少年时代的往事。但是，当他看到儿子与自己幼时相似的长相和性格，看到他在院子里扔球玩，躺在榻榻米上看漫画书的样子，他不由得将小时候的自己与儿子的身影重叠在一起。不，确切地说，是儿子让他回忆起了小时候的自己。总有一天，儿子也会经历不幸与离别吧。竭尽所能地拖延那些遭遇到来的时间，就是为人父母的职责。爸爸像你这么大的时候……胜吕喝酒时起了这样的话头，但他没有继续说下去。自己为什么会喜欢杂种狗，他也没能解释给儿子听。

"麻烦啦，爸爸。"

一天，儿子从外面跑回家，哗啦一下推开了玻璃门。

"人家说是母的。"

"你轻点儿。"妻子脸上现出可怕的神情，"玻璃上已经有裂痕了。"

"咱们家吃吃，是母的。"

"怎么可能，是谁说的？"

"是佐田叔叔那里的大学生，我说是公狗，他就笑，说是母的，还说他敢打包票。我问为什么，他就说吃吃没有小蛋蛋。"

胜吕满脸困惑地看向妻子。因为是公狗，不必担心再生小狗，他才会把吃吃从牛奶店抱回家，而且它的胯下还有小芋头似的凸起。

"人家说没有小蛋蛋。吃吃没小蛋蛋。"

"不许再说那个词了……"

"那，该怎么说呀？"

妻子大声训斥儿子，然后像个男人似的交叉双臂，抬眼看向胜吕。

"喂，老公，怎么办啊？"

"别听他胡说，明显是公狗吧，你也觉得它是公的吧。"

"你再仔细看看吧。"

胜吕走到院子里，把吃吃叫到面前。他确实没有对妻子和儿子说谎，这三个月里，他一直认为吃吃是条小公狗。不对，等等，它尿尿的时候是蹲着的，他一直以为那是因为它还是只小奶狗……

"怎么样？"

妻子从玻璃门后探出头，对着正在检查吃吃胯下的胜吕问道。他没有回答。那个小凸起并不是公狗的标志，而且正如那位大学生所言，吃吃也没有小蛋蛋。

"你之前可答应好的，快把它送回牛奶店吧。"

"可是都三个月了，它已经是咱们家的一员了。"

"我求求你了，它以后要是一只接一只地生，谁受得了啊。"

尽管刚刚责备过儿子，妻子却哗啦一声用力地关上了玻璃门。

"爸爸，还是把它送走吧。"儿子安慰胜吕，"我陪你一起去。"

无奈，胜吕带着吃吃出了家门。暮霭之中，吃吃一会儿到处嗅电线杆，一会儿又钻进草丛里闻一闻，一路跟在胜吕身后。胜吕唤"吃吃"，那只杂种小狗便仰起头望着他，慢慢地摇起尾巴。它那凝望着自己的悲伤目光，摇着尾巴跟在身后的模样，就像大连的那只吃吃一样。

六日旅行

料亭[1]内的泉水里，鲤鱼的数量多得惊人。趁着舅舅和女招待说话的间歇，我跟妻子离开房间，走进夜色中的庭院。大树环绕的池塘里，数不清的鲤鱼各自成列，在水里游来游去。一条巨大的黑鲤鱼身边围绕着几条小鲤鱼。它们扭动身躯，彼此碰撞，偶尔，甚至有鲤鱼因为用力过猛而跃出水面。看起来就像为了产卵而洄游至河流里的鲑鱼群。

"对了，你刚才说，想把你妈妈的事写成小说，是吧？"

舅舅笨拙地剔下淡水鱼的鱼肉，这样问道。眼下，他正在市里的大学任教。

"不过现在还不是时候。我一直觉得必须把母亲的经历写成小说，但是……"为了赢得舅舅的认同，我微笑起来，"碍事的人太多了，他们都还活着，所以我还写不了。"

"是啊，你妈是个性格刚烈的人。我们这几个弟弟也跟她学了很多，不过也因此受了不少伤，连绝交都说过好几次。真

1　料亭：指供应日本料理的高级饭馆。

搞不懂她啊。"

"但是妈妈她……是个真正好好活过的人。不像我活得这么自由散漫。"

这时，那段时常闪过我脑海的回忆再次浮现。那是三十年前，大连的冬天，窗外挂着冰柱，我趴在地上，母亲站在我面前，不厌其烦地拉着小提琴。房间已经昏暗下来，可她还是不开灯，只顾反反复复地拉着同一段旋律，哪怕是数十遍也依然不停不休。两个小时前，母亲的下颌和脖子就因为充血而一片通红，她的指尖也渗出了血。可是她的琴声始终没有停下来，我跟她说话，她也不理不睬。那时候的母亲甚至让我感到害怕。

"我没有她那种性格。"

"我和哥哥们也没有啊，"舅舅苦笑道，"只有你妈妈，还有她下面的二姐是一个性子。"

"荣子姨妈啊，她从前好像是那样。"

我对舅舅的二姐——也就是母亲的妹妹，只有一些模糊的印象。作为她的外甥，我说这话可能有些奇怪，但是我从小就觉得她是个耀眼夺目的美人。那时候，她还领我逛过庙会，给我买了各种各样的零食，那数量简直多到惊人。回到家后，她和妈妈还为此大吵了一架。后来，荣子姨妈因为失恋自杀了。

"竟然会在屋岛跳崖自尽，被那样的姐姐爱着的男人……

他的心情肯定跟道成寺的安珍[1]一样吧。一般的男人可不是她们的对手啊。"

我同意舅舅的看法，不只是姨妈的恋人，在父亲那种老土的东大学生眼中，在上野音乐学校里学习小提琴的女学生一定格外耀眼。像他那样乡下出身的大学生，当年是怎么跟母亲交往的呢？尽管不了解他们的恋爱史，但是对向往安全的柏油马路的父亲而言，结婚以后，母亲那刚烈的个性恐怕令他无法忍受。到了晚年，父亲总把"平凡才是最幸福的，无事发生才是最幸福的"这句话挂在嘴边，那是他对从前那段婚姻生活的反抗。那十年里，他一直被母亲牵制着，离婚后，为了忘记与母亲的过往，他一味寻求着踏实、质朴的人生。他渴望无事发生，渴望平平凡凡。后来，当我说想走文学道路时，他反对得是那样坚决，想来是因为在自己儿子身上又看到了前妻的影子，令他感到不快吧。如今，我明白了父亲抛弃母亲的理由，即便是我，作为丈夫，断然无法跟母亲那样的女人生活在一起。尽管如此，我对父亲的憎恨依旧，这种恨恐怕一辈子都不会结束吧。

1　安珍：出自日本民间故事《安珍与清姬》。少女清姬爱上了年轻僧侣安珍，为求脱身，安珍向少女许下不日再会的承诺，但并未践行。为此清姬发狂追赶，甚至化为大蛇，一路追至道成寺。最终，清姬大蛇喷吐火焰，烧死了躲在寺内吊钟里的安珍。

"令尊最近还好吧，很久没见过他了。"

"应该还好吧，其实我们早就绝交了。"

"啊？"

舅舅似乎很惊讶，他放下已经送到嘴边的酒盅，看着我问道：

"为什么呀？"

我含糊地笑起来，又看了看一旁的妻子，她的脸上也现出为难的笑意。我的妻子，一个跟母亲迥然不同的女人。人在旅途中，还频繁地给身在东京的小学生儿子打电话的女人。大概是会被父亲认可的女人。我分明跟这种女人结了婚，为什么却不能原谅父亲呢？连我自己都搞不明白。我唯一清楚的是，自己对母亲仍怀有无限的留恋。

"我觉得，我能理解父亲上大学时为什么会爱上母亲，可是母亲她为什么会爱上那种男人呢？"

"那种男人？"听到我如此冷酷地评价自己的父亲，舅舅责备似的说，"你妈妈也爱你这样无趣的孩子啊。"

"确实。"

我为自己感到些许羞愧。我否定父亲身为一个男人的作为，只要拉开距离审视，就不难理解我对他的憎恶。但是对于母亲，我总是立即将她的形象美化。这样下去，就算素材积累得再丰富，我也不可能把母亲写进小说。

"据您所知，妈妈她谈过几次恋爱呢？"

"三次吧，第一次我不太清楚，但是跟你父亲，还有另一个男人的事儿，我知道一些。那时候我还在一高上学呢。"

"因为家里不同意她跟父亲结婚，母亲还离家出走过，这是真的吗？"

"离家出走可不是第一次了，家里反对你妈妈去音乐学校的时候，她就离家出走过一次。"

舅舅和母亲出生在冈山县笠冈町一个家教严格的医生家庭。从冈山的女校毕业后，我的母亲打算去读上野音乐学校，外祖父和外祖母却不同意。女校毕业半年后，母亲突然从家里失踪了。据说为了筹集学费，她去东京当起了女佣。这些事是母亲在世时亲口告诉我的。

"第二次离家出走是从哥哥家里，当时你妈妈正住在哥哥嫂子家，有一天，她忽然就不见了。大家知道她去了哪儿，不就是你爸住的地方嘛，他当时还是东京大学的学生，我们家里人找上门的时候，你妈妈已经在那儿跟人家过上了。"

"真厉害，"我扬扬得意地回头看向妻子，"这样的妈，我都想找人炫耀炫耀了。"

"但是，婆婆这样……你吃了不少苦吧。"

"那第三次恋爱……对象是谁呢？"

我有些得意忘形地问出口，舅舅的脸却阴沉下来。

"这事儿能不能说呢？要是说了，可能会让你失望啊。"

"为什么？因为我知道了母亲过去的秘密？"

"我是担心，你妈在你心里的形象会崩塌。那我就说吧，是你父亲的哥哥。"

"啊？"

一时间，我惊讶得说不出话。时至今日，我从未听说过这件事，我甚至从未见过父亲的哥哥。听说他从外语学校毕业后就去了巴西，在亚马孙腹地垦荒期间失踪了……

"是那位去巴西的大伯吗？"

"是的，当时你妈也想追随他去巴西呢。不过最终没有成行，因为发生了不少事。"

"父亲他知道这件事吗？"

"知道的。"

"平凡才是最幸福的，无事发生才是最幸福的"，总是把这句话挂在嘴边的父亲，他那瘦长的脸庞，谨小慎微的小眼睛，此刻浮现在我眼前。如果把他的话和舅舅方才讲的事件联系到一起，我似乎明白了些什么。

"父亲的哥哥为什么要去巴西呢？"

"大概是觉得对不起你爸爸吧。不，或许也是安珍从清姬身边逃走时的心理吧。我这两个姐姐啊，一爱上男人就会变成那样。你妈妈也是个不管不顾的人，拼起命来，什么困难都无所畏惧。"

"嗯，但是被爱上的男人们承受不了啊。"

回想着和母亲一起生活的那五年，我暗自低语。离开父亲，从大连搬回神户之后的五年里，我一直和母亲相依为命。那五年，母亲选择将信仰天主教作为自己的生活方式。她也让我接受了洗礼，并且每天早晨都要带我去参加弥撒，风雨无阻。一二月的早晨，天还没亮，当其他孩子还躲在温暖的被窝里时，我却要在漆黑一片中，在上冻的马路上步行半个小时，跟着母亲去参加清晨弥撒。冷飕飕的教堂里，只有法国神父一个人在主持弥撒，除了我们母子俩，就只有两个老婆婆在祷告。对一个懒惰的十二岁少年来说，那是一项相当痛苦的日课，但是母亲从不允许我逃掉弥撒。

"没错，她们身边的男人都受不了。"

"但是，舅舅你还是爱我妈妈的吧。"

"是啊，现在想想，还是挺让人怀念的。"

那天晚上，跟妻子回到旅馆，躺进被窝之后，我第一次跟妻子谈起母亲。

"你怎么看，关于我妈？"

妻子没见过我的母亲，在我们结婚的两年前，母亲就去世了。

"我觉得，母亲那样的活法……很令人羡慕，但是，我们做不到吧。"

"为什么？"

"那样的活法，或许会让某个人获得幸福，但是相应地也会给其他人造成伤害。那种人生，我可经受不起。"

是喝了酒的缘故吗？闭上眼睛，我仿佛看到一团炽红的火焰在摇曳。母亲的心里也燃烧着一团鲜红的火焰——无论是谁，只要触碰到它，就会在自己的人生里留下痕迹。既有像父亲那样，被凄惨地烧成灰烬的男人，也有如其他人那般，跟随母亲一同猛烈燃烧的人。

第二天，在火车上，我继续构思着以母亲为主人公的小说。然而，眼下似乎依然无法动笔。和母亲有交集的人之中，有些舅舅并不认识，那些人尚在人世。而且，我刚刚当上小说家的时候，父亲就曾告诫我，绝对不能写关于他和家里人的事。既然跟父亲有约在先，就算我们现在断绝了关系，不能写的东西就是不能写。

火车行驶在福冈通往长崎的海岸线上，外面下着雨，海浪翻起雪白的泡沫。夏季避暑的小木屋不时闯入视线，防风松树林绵延不绝。

"这一带的风好大啊。"妻子说，"所有树枝都弯向这边了。"

如她所言，那一列低矮松树的树枝，全都朝着与大海相反的方向倾斜。树干和树叶上则蒙了一层发白的灰尘与沙粒。

被雨淋湿的沙滩上停着一辆卡车，有两三个男人正在那里挖沙子。

"那些松树，真像遇到妈妈的那些人啊。"

昨晚妻子说得没错，母亲会给她身边的人带去幸福，也会留下伤痕。她的出现至少像一团火，会在对方的人生中烫出一条疤。如果那些人没有遇到过母亲，他们的人生也许会是另一副模样。如同裹挟冬雨的寒风改变着松树的朝向，母亲也改变着她周遭那些人的人生方向。

"不可能，不可能。"

我自言自语着摇了摇头。和妻子一样，母亲那样的活法，恐怕我也不可能经受得住。长久以来我一直觉得，一个人决定了另一个人的人生方向，正是生而为人的业[1]，或者说是罪。我之所以会有这种想法，恐怕是受了母亲的影响。对我而言，能左右我人生的人，有妻子和孩子两个就已足够。我虽然成了小说家，却喜欢合乎常识的生活，并过着平凡的日子，或许正缘于此吧。

在长崎办完事后，我们乘飞机到了大阪。之所以绕道大

1　业：宗教用语，是印度文化中最基本的一个哲学、道德和宗教概念。基本上可理解为"行为"，以及这些行为在当时或后来产生的相应的惯性力量和记忆。

阪，推迟两天回东京，是因为我想让妻子看看我跟母亲住过的房子、生活过的街道。另外，三天前舅舅初次跟我提起的母亲的第三位恋人——父亲的哥哥，我还想多了解一些关于他的事。他的孩子现在就住在大阪，我们虽是堂兄弟，但几乎没有来往。尤其是跟父亲绝交之后，我们更是成了毫无关系的陌生人。

我自己也有很多年没来过阪神地区[1]了，这里和我少年时代相比彻底变了模样。最糟糕的变化是，背后的六甲山[2]遭到严重破坏，白色地表已经开始外露。和东京一样，这里的土地也被地产商的推土机到处肆意刨削。

我们过去住的房子还在老地方，然而周围的环境已是面目全非。昔日的那片空地上，盖起一幢接一幢外形相同的公寓住宅楼，记忆里的松树林也全被砍光，取而代之的是菜市场、弹子机店、医院等商业建筑。唯一没变的只有道路。

"每天早晨，我都要走这条路去教堂。"我向妻子说明。

母亲比我早起一个小时，梳洗打扮过后，她会在自己的房间里做念珠祈祷[3]。我躺在卧室里，透过母亲房间的窗户，能看到昏黄的灯光和她祈祷的身影。我叹着气，慢吞吞地穿好衣

1　阪神地区：指以大阪和神户为中心的地区。
2　六甲山：位于日本神户市东北部的山脉。
3　念珠祈祷：指在祈祷时用念珠计算次数，每祈祷一次就拨动一颗念珠。

服，走下楼去。冬天的早晨，外面还像黑夜一样，路面满是冰冻的白霜。走到天主教堂需要三十分钟，一路上，母亲几乎一句话都不说，她还在祈祷。好不容易到了教堂，我一动不动地坐着，持续着跟睡魔的斗争。有时，母亲一发现我在打盹儿，就会用硬邦邦的胳膊肘捅我一下。在蜡烛火光的照射下，法国神父在祭坛上俯身向前的身影被映照在墙壁上。每到星期日，这座教堂的正殿里都会聚集不少信徒，但是在工作日的清晨，来参加弥撒的除了我们母子俩，就只有那两个照料神父日常生活的老婆婆。

"很受罪吧。"妻子微笑着对我说。

"每天都要那么早起床，看着现在的你，真的难以想象。"

"确实很难熬啊。"

不过说来可笑的是，当时的我还拥有如今早已舍弃的单纯信仰，我甚至认真思考过，长大后是否要成为一名司祭[1]。当然，那只是我少年时代的一时兴起，或者说是多愁善感，但是在那个时候，母亲一直向我灌输，这世界上最崇高的存在就是神圣的上帝。母亲将过去无法被男人们满足的爱献给了上帝，并且开始摸索着学习宗教音乐。母亲当时在几所天主教女校担任音

1　司祭：天主教的一般性神职人员，协助主教管理教区事务。又称司铎、神甫、神父。

乐教师，收入只能勉强够生活，然而她把更多的精力都奉献给了学习格里高利圣歌[1]。有时，她还会带着我去大阪、神户听音乐会。回来的路上，她总是轻蔑似的说："那种演奏只有技巧，那些人根本不懂什么最重要。"母亲最尊敬的音乐家只有一位——安藤幸，她是母亲上音乐学校时的老师，也是幸田露伴[2]的妹妹。

"你快看，"我指着不远处的几处老房子，对妻子说，"说出来你可能不信，那一家，还有这一家，都是我妈妈帮助他们成为天主教徒的。"

当年我们住在这里时，附近还只有二十几户人家，且都是户主在神户或大阪上班的中产家庭。起初，那些太太看到我们这对每天清早去教堂的母子，目光中总是充满了怀疑与好奇。没过多久，其中一位太太带着她的女儿上我们家来，说想拜托母亲教授小提琴。从那以后，母亲跟那群太太渐渐熟络起来。不久之后，她们就跟母亲一起去了教堂，过了两三年还接受了洗礼。紧接着，那些太太的先生们又来拜托母亲帮他们去见司祭。不必说，让那些人成为信徒并不容易，为了向他们传播基

1　格里高利圣歌：中世纪有一位名叫格里高利一世的教宗，是他将罗马天主教会举行礼拜时所唱的圣歌编辑成册，因此后人称其为"格里高利圣歌"。

2　幸田露伴（1867—1947）：日本小说家，本名为幸田成行，以《五重塔》和《命运》等作品确立了文坛地位。

督教教义，母亲竭尽全力地四处奔走。母亲去世的时候，他们之中还有人专程赶到东京来参加葬礼，葬礼结束后还一路跟着亲人队伍，一直送到了墓地。

"那些人里已经有三位过世了。"

"那就去为他们扫扫墓吧。"妻子开口道，"小时候，人家也关照过你吧。"

天主教墓地就在我们从前常去的那间教堂旁边。我采纳妻子的提议，来到了墓地。三十年前，我们母子俩每天起早摸黑走过的那条路两旁，如今已是鳞次栉比的住宅楼，但是法国司祭俯身站在祭坛上，孤独一人主持弥撒的那间教堂，还有那块墓地，仍是从前的模样。母亲早已被我安葬在东京的天主教墓地，她的墓碑并不在这里，但是那位法国司祭，以及母亲介绍入教的那三个人都在此长眠。

墓地的正中央有一座不甚精致的露德圣母[1]像，以此为中心，木制、石制墓碑依次排列开来。墓地的角落里正刮起一小股旋风，地上的灰尘被卷入半空，旋转不停。我先来到法国司祭的墓前，双手合十行礼，之后又来到U先生夫妇和K女士的墓前祭拜。

1　露德圣母：1858年，在法国南部小镇露德，圣母显现给贫家少女伯尔纳德，并使山间流出一道灵泉，从此圣母借由露德圣水治愈了许多人。

"这家的先生从前对我很好，就像父亲一样。"

"是嘛。"

U先生曾在山下轮船供职，墓碑上刻着他的教名Petrus。起初，连妻子去教堂都会令他勃然大怒，但是没过不久，随着他的妻子受洗，并跟着我母亲去参加周日弥撒之后，U先生也会时不时地一起去教堂。五年前，他们夫妇二人相继去世，U先生的妻子走了之后，我还写信慰问过他，当时他在回信里这样写道："如果令堂没有在这里居住过，我和妻子都会走上另一种人生吧。"

看着黑色花岗岩墓碑，我忽然想起那封信里的话语。前天在海岸边看到的那片防风林，那些被海风吹弯的松树枝也顿时浮现在眼前。不只是U先生夫妇和K女士，这里很多人的人生方向都被我的母亲改变了。我也是在母亲的影响下开始信仰基督的。此外，他们这些人的孩子里，有的成了神学院学生，前往欧洲留学，有的则去特拉普派修道院当了修女。（我却无法对妻子以外的任何一个人产生那么大的影响。）

当天下午，我们去拜访了父亲哥哥的家人。

"咱们突然上门，会不会让人家反感啊？"

妻子不无担心，但我摇了摇头：

"这也没办法。无论如何，我都要去看看母亲给别人留下的痕迹。"

我在旅馆给大伯的儿子耕一打去电话。虽然看似随意地叫他耕一，其实我应该称呼他为耕一堂弟。只是我对这位堂弟毫无血缘上的亲近感，也没有丝毫怀念之情，因为我们基本上从没见过面。

　　"为什么会这样呢？"

　　"为什么？总之父亲一直跟他们家莫名地疏远。不，不是莫名，现在，我也终于知道原因了……"

　　接电话的不是耕一堂弟，而是他的妻子，通过那沙哑的嗓音，我把她想象成一位面色青黑，脖子上缠着脏兮兮绷带的女人。

　　"他现在在住院。"

　　"住院？"

　　"心脏出了点问题。你……"

　　打听好地址，又让妻子买来果篮，我们出发前往大阪南城。临近黄昏，奈良的街道被夕阳笼罩，一辆卡车正好和私家车撞到一起，令我烦躁不已。出租车司机不停地辩解说这种事不常发生。

　　那是一间墙壁显得有些脏的私立医院，耕一堂弟就住在二层，病房里还能听到孩子们在外面马路上唱歌的声音。对于我的突然到访，堂弟十分意外，他仰头看着我，面孔晦暗浮肿，我再三劝他躺下好好休息，他却总觉得不好意思。"经常来大阪吗？"他用很低的声音问我。这让我想起他妻子在电话里沙哑粗糙的声音。"不是，很少来。"我回答。这之后，耕一堂弟没再说话，只顾盯着我们带来的那只果篮。

"大伯他，已经走了多少年了？"

"三十年了。"

"这么说，那时候你还小。到最后也没找到遗体吗？"

"没有，他是喝过酒之后进的原始森林。"

无论周围的人怎么劝说，大伯始终没能戒酒。据耕一堂弟说，他喝的也不是什么好酒，到了晚年经常喝当地人自酿的土酒，酒精度数高，他的胃也被彻底喝坏了。在原始森林里失踪的那天他也喝得烂醉，这就是他迷失在森林里的原因吧。听说去了巴西之后，大伯就一直说不想回日本，他也确实一次都没有回来过。

"不管母亲怎么劝他回日本，他都坚持不回来。"

我偷偷看向耕一堂弟那发黄的脸，然而他的表情并没有什么特别的变化。他似乎不知道他父亲和我母亲的那件事。毕竟伯母是在圣保罗的日本人餐馆里打工的服务员，大伯是去了巴西之后才跟她结婚的。

"请保重身体。"道别后，我离开了那间昏暗的病房。耕一堂弟端坐在病床上，他将双手放在膝头，歪了歪瘦弱的脖子，松了一口气似的向我行了一礼。刚一出门，我们就碰上了准备去病房送饭的护士。

　　尽管没有确凿的证据，但是在走下洒满阳光、弥漫着消毒水气味的医院楼梯时，我想象出一位因母亲而变得不幸的男人的脸。男人在巴西喝着酒，说无论如何都不会回日本，那个弟弟夫妇所在的地方。后来，他就在原始森林里消失了踪迹。当然，大伯的失踪或许不能完全归罪于母亲，但是正如没有证据能表明那是母亲的错，也没有证据能表明那不是她的错。即便错真的不在母亲，可是如果没有她，大伯也不会去巴西吧。也许他会拥有幸福的婚姻生活，平静地安度晚年。那样一来，也许他们的孩子就不会像耕一堂弟那样在即将破产的餐馆打工，他会去上大学，并成为拥有安定工作的工薪阶层。大风吹弯了这一棵树，扭曲了它的树枝朝向。从屋岛悬崖上纵身一跃的荣子姨妈，她的男人，如今又过得怎么样呢？我的母亲是那等刚烈女人的姐姐。被母亲那样的女人不管不顾地爱着的大伯，我想他的心里一定残留着母亲的痕迹。

　　第二天是周日，我同妻子前往那间教堂参加弥撒。在妻子看来，那只是一间有尖塔和十字架，模仿哥特式教堂建造的普通教堂，但是我少年时代的全部回忆都铭刻在这里的墙壁上，以及庭院里的夹竹桃花里。冬日清晨，我往冻僵的手上哈了口热气，推开那扇一如从前的教堂大门，教堂里的祈祷座席还是老样子，小时候我总是坐在那里背着母亲打盹儿。不同的是，当年那位躬身站在祭坛上，在墙上留下纤瘦如鸟般身影的法国司祭早已不在，如今主持弥撒的是一位年轻的日本神父。教堂里坐满了信徒，那些我不认识的人，不认识我的人，学生以及女孩子们，此时正在一起唱着母亲喜欢的格里高利圣歌。领着孩子的工薪族夫妇们，身着自卫队制服的队员也站在其中。我试图从中找出自己认识的人。

人群之中确实有我熟悉的面孔，可我忘了，就像我已不知不觉长大了一样，他们也变成了老头老太太。等他们领完圣体，低着头回到自己的座位上时，我终于认出了 T 先生，还有 N 先生和他的太太。当年的他们比现在的我还要年轻，而最初带他们来到这座教堂的人，正是我的母亲。

"哎呀！"

弥撒结束后，N 太太抬头一看到我，满是皱纹的脸上就笑开了花。紧接着，T 先生、N 先生和他太太也立马围了上来，他们又是连连拍我的肩膀，又是伸出手来要同我握手。

"电视我们都看啦，你上的节目我们一直在看呢。"我正羞得满脸通红，N 太太却一直握着我的手，用人人都听得到的高分贝说道。

"你妈妈要是能活到你上电视就好了啊，你真是出息了，都上电视啦。"

方才合唱的那些学生和女孩子站在远处，窃笑着直看我。

从 T 先生、N 先生那浮肿的眼皮和皱纹纵横的衰老脸庞上，我试图找出些许母亲留下的痕迹。将基督之光引入这些人心里的人，正是我的母亲。但是，如果她还活着，看到这些人没有自己依然过得不错，她会作何感想呢？

回到东京的半个月后，一次，我驾车路过涩谷。途经商业街附近时，挡风玻璃上开始落下细雨，为免打滑我降低了车速，慢慢驶下道玄坂[1]。就在这时，在蒙蒙细雨中，一位头戴礼帽，正茫然寻找着出租车的老人的身影闯入我的视线。是父亲。和他绝交之后，我一次都不曾想过跟他说话或是见面，但这五年里，他确实消瘦了许多，似乎连肩膀都变单薄了。怜悯之情油然而生。（除怜悯之外，我没有感受到任何情绪。）为了抹去心底的那种情感，我猛踩了一脚油门。父亲就站在人行道边上，我的车子打他身旁穿行而过，那个戴礼帽的身影近在眼前，然而只一瞬间就消失不见了。

1　道玄坂：位于东京都涩谷站以西丘陵地带的繁华街道。

你的身影

这封信，我还不确定是否真的要寄给你。到目前为止，我已经给你写过三次信了。然而，我不是写到一半就停笔，就是把写好的信一直收进书桌的抽屉里，始终没能寄给你。

说实话，每次动笔给你写信时我都在想，这些信或许不是写给你的，而是我为了平息心中的不安，为了让内心接受那一切而写给自己的。我之所以迟迟没能把信寄出去，是因为落笔时就意识到寄出这些信并没有意义，我想我内心深处的缺失无论如何都无法得到弥补。不过，我现在的想法有些不同了。我觉得，对于你惹出的那件事，虽然我还是无法完全理解，但是我的内心终于开始慢慢接受了。

那么，该从哪里说起好呢？是从少年时代，我和刚到日本的你初次见面的回忆说起呢，还是从母亲去世那天，当我匆匆跑回家，你站在玄关为我打开家门，摇着头告诉我"已经，不行了"说起呢？

其实，我昨天遇见你了。当然，你不知道我在那里，也不知道自己被偷窥了。你坐在餐桌前，趁着餐点还没被送上桌的间歇，从黑色的旧皮包（我记得那个包）里取出一本书读了起来。那让我回想起你当司祭时，在用餐前取出并翻开书本，准备做日课时的样子。那是位于涩谷的一家小餐馆，外面烟雨蒙蒙，模糊的玻璃窗外，人行道上来来往往的行人看起来好似水族馆里的鱼。我坐在店里，一边翻开体育新闻，一边将一勺咖喱饭送到嘴边。我喜欢的大洋队选手的转会新闻占据了大幅版面，那篇报道下面还刊登着我一位友人的连载小说。

我不经意地抬起头，正巧看到一个身穿黑衣的外国人，背对着我准备在角落位置落座。我惊讶不已，没想到时隔六年会再见到你。而且，我们的座位仅仅相隔二十米远，中间只隔了一桌，四五个公司职员围坐在一起在吃汉堡牛排。"前齿轮太难用了，真是要命了。""不，不是那儿的问题。"他们的交谈声传入耳畔。其中一个人的秃脑门上，长着十日元硬币大小的黑红色痦子。

年轻的服务生为你端来一杯水，你亲切地微笑，指了指菜单给他看，服务生点点头走开之后，你随即从放在膝上的黑色旧皮包里取出一本书，翻阅了起来。我不知道那是不是英语书，总之是横排文字。（你老了。）我在心里想。（老了好多啊。）对曾经是传教士的你说这种话或许很失礼，可你年轻的时候是个多么引人注目的美男子啊。还记得第一次在神户的医院里见到你时，虽然我还是个少年，可是一看到你那如雕塑般棱角分明的脸庞，以及那双紫红色的清澈眼眸，我不由得暗自惊叹，好帅气啊。如今，那张脸饱受岁月侵蚀，棕色的秀发也变得稀疏（虽然我的发量也少了许多），而且双眼下方像是塞了一片赛璐珞，看起来浮肿发红。我想从那张脸上，嗅出你在那起事件之后所经受的孤独，也想仔细看看你身处异乡，为了养活妻儿必须努力挣钱的劳苦，以及没有朋友又无人相助的辛酸。

站起身，走到你的旁边，说一句，啊，好久不见。我在脑海里这样想象着，却没能付诸行动。我依然坐在椅子上，像信用调查所的员工似的用报纸遮住脸，偷偷观察着你。这确实是我的好奇心在作祟，也是身为小说家的职业习惯。但是不止如此，其实我心里还有一股强大的力量在牵制着我，让我不要去你身边。我现在就要在这封信里写下与那股力量相似的东西。总之，我决定暗中观察你。没过多久，服务生为你送来了餐点。你又露出方才那样的笑容，对他点头致谢，随后你掏出手帕，挂在胸前充当餐巾。我还在一动不动地观察你。你不紧不慢地拉开椅子，坐直身体，将右手伸至胸前，飞快地画了一个十字。看着那样的你，我心里涌起的感动之情难以言喻。（是吗？）就是那样的感动。（果然是那样啊。）

阻止我走到你身边的力量——我很难说得清楚。换句话说，那股力量正是构成我人生的一条重要支流。迄今为止，我一次又一次将自己的手伸入河流，以小说家的身份，拾拣沉淀在自己河床上的东西，为其洗去尘埃，重新组织拼凑，写成各种各样的小说。而在那条河流中，还有我尚未拾起的重要之物。你未曾谋面的我的父亲，你给予过诸多帮助、照顾的我的母亲，他们都尚未被我写进小说，还有关于你的故事，我也从未触碰过。不，我说谎了，其实成为小说家之后，我曾三度将你的形象加工变形后写进小说。那件事发生之后，于我而言，很长一段时间里，你都是我书中重要的角色。虽说是重要的角色，那些书写你的小说却多以失败告终。理由我很清楚，因为我还无法准确地捕捉你的形象。然而，尽管失败不断，你却始终在我的心里占据着一席之地。如果能把你从记忆中抹去，我将活得多么轻松。可是我要如何才能把母亲、把你彻底遗忘呢？

偶尔，当我回望这条河流，昔日接受洗礼的那间阪神小教堂总是浮现在我心头。那间小小的天主教堂至今风貌不改，仿哥特式的尖塔和金色的十字架，以及那个栽满夹竹桃树的庭院。正如你所知，那个时候，我的母亲刚刚因为她刚烈的个性跟父亲离婚，她带着我从中国大连回到日本，为了投靠姨妈，我们定居在了阪神。姨妈是一位热心的天主教徒，在她的影响下，母亲那颗孤独的心开始在信仰中得到治愈。于是，我被姨妈和母亲领着前往教堂也成了必然。那间教堂只有一位法国司祭负责管理。不久后战争愈演愈烈，一天，有两个宪兵突然闯入教堂，将那位出生在比利牛斯山的司祭抓走了。理由是，他有间谍嫌疑。

不过那是很久以后的事了。当时，尽管战争已经爆发，日本天主教堂的日子还没有那么难过。到了圣诞夜，哈利路亚的钟声依然高亢地回荡。复活节当天，教堂的门前和门扉上到处装点着鲜花，女孩子们像外国姑娘似的戴着白色头纱，引得附近那帮小混混一直羡慕地望着她们，这令我们得意极了。法国司祭让十个孩子站成一队，挨个询问："你信基督吗？"然后，这些孩子又一个接一个地，鹦鹉学舌般地回答着"相信"。我也是他们中的一个，学着其他孩子的语调，大声回答："是的，我相信。"

暑假期间，神学院的学生们总会在教堂为我们这些小孩子表演连环画剧，还会带我们去六甲山郊游。他们放假回老家后，我们则经常在教堂的庭院里玩抛接球。如果我们不小心把球扔偏，砸碎了玻璃窗，那个法国司祭就会从窗口探出头，满脸通红、气急败坏地大骂我们一通。离开父亲的母亲成日阴沉着脸，总是在跟姨妈嘀嘀咕咕，这样的日子对我来说并不算幸福，但是跟在大连时相比，至少我不必在父母的争吵中独自苦恼，生活总算是走上了正轨。

偶尔，会有一个外国老头到教堂里来。他会避开信徒们聚集的时间，悄悄进入司祭楼，我是在玩棒球的时候看到他的。"那个人是谁？"我曾问过姨妈和母亲，可是不知为什么，她们总是移开视线，避而不答。不过，我的小伙伴知道那个总是拖着腿走路的老头儿是谁。"他是被赶走的。"身为神父，却和日本女人结了婚，被赶出教堂后，信徒们对他的事都是闭口不提，就好像只要说出他的名字，自己的信仰便会遭到玷污。还在跟他悄悄会面的人，只剩下那位来自比利牛斯山的法国司祭。至于我呢，虽然有点害怕那个老人，但我依然带着好奇心，愉快地对他进行秘密观察。从小在大连长大的我，曾在那座城市见过好几个远离故乡的俄罗斯老头儿，其中有一位在日本人聚集区贩卖大列巴，我总把他的长相和那位被赶走的神父重叠在一起。他们俩都穿着一件老旧，准确地说是破极了的外套，脖子上系着一条厚厚的手织围巾，并且都拖着犯风湿病的腿走路，就连用一块又大又脏的手帕擤鼻涕的动作都是一模一样。但是现在想来，笼罩在他们身上的孤独阴霾，其实正是从支撑他们内心的信仰中被驱逐出去的那些东西。

那是暑假里的一个黄昏，当时我正走在路上，应该是准备去打棒球吧。夕阳的光线洒在教堂大门前，显得格外耀眼，忽然，我发现自己差点撞到那个老人身上，我实在没想到他会从那里面走出来。我惊讶地停下脚步，像块石头似的呆站在原地，这时，老人开口对我说话了。但是我不知道他说的是什么，我只记得当时感觉很不舒服，心里充满了恐惧。我摇摇头，想赶快跑到通往教堂正殿的那段台阶上去，就在这时，一只大手搭上了我的肩膀。"不要担心""别害怕"，老人用他有限的日语词汇，对我说了这些话。他呼出的气很臭，我拼命逃走了。我唯一没有忘记的是，他那双注视着我的悲伤的紫红色眼睛。回到家之后，我把这次遭遇告诉了母亲，可她什么都没说。两三天后，我自然也淡忘了这件事。

不可思议的是，那件事发生一个月后，你走进了我的人生。现在，我总觉得这种偶然在我的人生长河中拥有重大意义。一年前，当我在创作一部长篇小说时，我总是回想起这次偶然。在那部小说中，我将踏绘[1]上疲惫至极、磨损凹陷的耶稣的脸，和西方宗教画里那些洋溢着静谧、纯洁和热情气息的耶稣的脸，一并放在主人公心里进行对比。作为参考，当时我脑海中浮现的就是你当年的脸和那个被赶出教堂的老人的脸。

那一年的秋天，我患了盲肠炎，住进位于滩[2]的圣爱医院，拆完线之后，姨妈和母亲在病房里喂我喝粥，就在这时，你突然走了进来。姨妈和母亲被吓得立即站起身，她们惊讶的不是

---

1 踏绘：德川幕府时期，日本人为了测试天主教徒身份而发明的仪式。踏绘有背弃天主教的意思，禁教期间，幕府曾下令要求所有信徒踩踏圣像以示弃教，违抗者将被逮捕并处刑。

2 滩：阪神地区地名。

神父突然出现，而是因为我们从前所见的神父，无论是常去的那间教堂的神父，还是其他地方的神父，多是身形消瘦、戴着高度近视眼镜的人。尤其是日本神父，他们的长相总让人看不出究竟是土生土长的日本人，还是从外国来的日裔。而那一天，推开门走进病房的你，却是一种全然不同的形象。高大健壮的身材，洁白的罗马领[1]与整洁的黑色常服，健康的面色，绅士的微笑，这些都足以让我们三个日本人惊慌失措。你很有礼貌地向姨妈和母亲打了招呼，然后低头看向我，当时的我正手持筷子和饭碗，像块石头似的愣在原地。你的日语说得相当流畅，我脑门上淌着汗珠，努力地回答着你的问题。"是的，已经好了。""不会，不觉得孤单。"等你离开后，我大喊着"太帅气啦"，母亲听到后却深深地叹了口气。"太可惜了，那样的人竟然不结婚，当了神父。"紧接着，姨妈就对母亲的失言大发脾气。

母亲似乎对你非常感兴趣，每次到医院，她都会问我你有没有来过。

"真烦人，我哪知道啊！"

我心里莫名地不痛快，于是故意用粗俗的话语回答。然而出于女人的好奇心，母亲打听出你是西班牙军官学校毕业的军

1　罗马领：天主教神父的日常服饰，即插在领口处的一块白色硬片。

人，后来考虑到前途，放弃当军人，选择了司祭的道路。你读过神学院，来到日本后又在加古川的修道院里待过一年。

"那个人跟一般的神父可不一样，他的父母都是学者呢。有一个那么优秀的儿子，他的母亲可真幸福啊。"

母亲是为了勉励我而说出这番话，可是年幼的我只觉得她的话充满了说教味道。

出院之后，母亲还经常带我去那家医院。她不满足于一般神父的教诲。尽管已经受洗，但是对性格刚强的母亲而言，突然出现在她面前的你，才让她所渴求的东西得到了满足。对于一辈子小心谨慎，只想走柏油马路式安全人生大道的父亲，母亲这样的活法令他承受不来。母亲原本是听从姨妈的建议，为了排解一时的孤独才开始接触基督教的，但是现在，这慢慢变成她真正的信仰。她一边在阪神的几所学校里当音乐老师，一边一本接一本如饥似渴地阅读从你那里借来的书籍。也正是从那时起，她的生活突然发生了改变。她俨然成了一位修女，每日坚持祷告，并要求我也照做。每天早晨她都要带我去参加弥撒，一有空闲还会做念珠祈祷。她甚至开始考虑，要把我培养成像你那样的司祭。

我本不打算在这封信里写我和你、我和母亲之间的精神交流。然而两年后，你成了我姨妈和母亲的指导司祭，每周六都要到我家里来。姨妈的朋友和教堂的信徒们也会来。事到如今，我终于能向你坦白了，你来我家的那一天总是令我倍感痛苦。因为母亲会比平时对我更加严格，她要求我好好洗手，带我修剪头发，严厉地叮嘱我"神父要来，把自己收拾干净"。可是，让我一个孩子待在一堆大人里，就算听你的教诲，我又能听明白些什么呢？不知是因为精神紧张，还是天生就容易疲惫（你也知道我从小就身体虚弱），单是坐在母亲身边跟睡魔作斗争就耗光了我的全部精力。不管是《圣经·旧约》《圣经·新约》还是基督、摩西，我都无心理会。我又是掐膝盖，又是努力思考其他事情，使尽浑身解数对抗着无聊和越来越沉重的眼皮。母亲用可怕的眼神直瞪着我，我吓得不敢合眼，总算是熬过了那一个小时。

且不说夏天早晨，到了冬天，母亲也要求我每天早晨去教堂。凌晨五点半，大半天空还沉浸在黑暗之中，家家户户都睡得正熟，母亲一边走着一边默默祷告，我跟在她身后，不停地朝手上哈气，我们就这样走过霜冻的马路，朝教堂而去。祭坛昏暗的灯光旁，那位法国神父时而双手交叉紧握，时而俯身向前，独自一人主持着弥撒，他的一举一动都被投映在墙壁上。冰冷的教堂正殿内，只有两个老婆婆和我们母子俩在跪着祈祷。假装在祈祷的我只要一打瞌睡，母亲就会用可怕的眼神瞪我一眼。

"又打瞌睡，你觉得你能变成神父那样吗？"

神父指的就是你。在母亲眼中，你就是她想象之中的未来的我，我必须成为像你那样的人。不可避免地，我产生了逆反心理。你那整洁的穿着、干净的面容和手指都令我生厌。你那充满自信的微笑、丰富的学识和信仰也让我觉得厌恶。你还记得吗？就是那段时间，我在学校的成绩渐渐开始下降。当时我才上初二，但已经有意要变成一个懒惰散漫的少年。因为懒惰散漫的人，正是与你个性完全相反的存在。为了反抗母亲，不让她把我培养成像你那样对自己的信仰和人生抱有强烈信念与自信的人，我故意偷懒不好好学习，倾尽全力要堕落为一个差等生。当然了，在母亲面前我会乖乖坐到书桌前，但是我并没有在学习。

那个时候，我养了一条小狗，它是我从家附近的鳗鱼店里要来的杂种犬。我没有兄弟姐妹，再加上父母闹分居后，我又没有能分担忧愁的朋友，因此我非常疼爱那条小笨狗。现在我也经常让小狗、小鸟在自己的小说里登场，但它们绝不只是一种装饰。在那段时间里，对尚是少年的我而言，似乎只有那条杂种小狗能理解我无法对人言说的孤独。直到现在，一看到小狗悲伤的泪眼，我总是不由得想起耶稣的眼睛。当然，我脑海中的耶稣形象，并不是像从前的你那样，对自己的人生充满自信的样子。我看到的是纵使被千万人踩踏，仍从人们脚下默默注视着世人，踏绘上的疲惫不堪的耶稣基督。

成绩下降的事终于惹恼了母亲。她似乎找你谈过这件事，因为你曾略显严肃地劝我要好好学习，别让母亲担心。我则在心里抱怨："你一个外国人，凭什么说我。"而且正因为是你来劝我，我越发下定了决心要变本加厉。有一天，好像是你告诉我的母亲和姨妈，说西方家庭惩罚孩子会更加严厉，不努力学习的少年就应该受到应有的惩罚。于是，为了惩罚到第三学期成绩依然糟糕的我，母亲命令我扔掉那条小狗。

那种苦楚我至今记忆犹新。当然，我可没打算听从母亲的吩咐，然而当我放学回家时，我的爱犬已经消失不见了，是母亲让家附近的小孩把狗带走了。你肯定不记得这件事了吧。在你看来，小狗只会分散注意力，妨碍我的学习，扔掉小狗都是为了我好。如今，我早就不恨你了，之所以特意提起这种琐碎小事，是因为我觉得这种做法特别能体现你的行事风格。软弱、懒惰、散漫，你不允许自己，也不允许别人身上出现这些性格缺陷。我想你大概是受了家庭的影响吧。又或者，是你接受过的军人教育把你培养成了这样。"一个人必须让自己越来越强大，必须努力拼搏。无论在生活中，还是在信仰上，都要好好锤炼自己。"虽然你嘴上没说过这些话，但你却在现实生活中亲自践行着这些道理。你在传教活动上有多努力，在神学研究上有多勤奋，这些大家都知道。你的一言一行无可指摘，人人都觉得（就和我母亲一样）你是一位值得尊敬的优秀神父。然而只有一个人——还是孩子的我，开始因你的完美无缺而感到苦恼。

于我而言不幸的是，那时你开始了一项新工作。为信教大学生、初高中生们建造的宿舍在御影[1]的高岗地区落成，作为圣爱医院的专职神父，你担任起宿舍的指导司祭一职。"我不太擅长这种工作，"你一如往常地站在正在聆听经义的信众面前，面露难色地说，"不过，上面的命令我必须接受。"嘴上虽这么说，你看起来却对这份工作很感兴趣。那天回家路上，母亲突然问我，想不想进那间宿舍。她觉得，如果我在生活中尽可能多地接触到你，下降的学习成绩就会恢复，我对信仰的追求也会更加坚定。对于母亲的提议，我不知反抗过多少次，但你也知道她的性格有多强势，于是那一年，当我再次带着不甚理想的成绩册回家时，母亲终于将我送进你已担任半年舍监的那间宿舍。

那是个要求严格的地方，我想你当时是效仿了西方神学院的宿舍，或者是士官学校的宿舍吧。我并不是想为自己辩解，但是那段时间里，我其实相当努力。然而总是事与愿违，你觉得对我有好处的事，我却不能苟同，而我毫无恶意的举动，在

1　御影：神户市的一个地名。传说神功皇后曾在此地的泉水边梳妆打扮，因其神姿被映照在泉水中而得名。

你看来却是软弱的表现。你"为了我的母亲"来锻炼我、鞭挞我。只是我没有想到，没过多久，你的鞭子就把我击垮了。

往事太多，不能尽述。你还记得那件事吗？住宿生（其中多半是专门学校或更高等级学校的学生，只有我和另一个叫N的男生是中学生）每天六点起床，做完弥撒之后，要跟着你在后山上跑完步才能吃早饭，可是我实在坚持不下来。对于经过军队锤炼的你和那些大学生来说，那点儿训练或许不算什么，可是我的支气管天生就弱，跑不了几步就会气喘吁吁，头晕眼花。跑完步后我满头黏汗，毫无食欲，偶尔还有轻微的脑出血症状。我巧妙地逃过了跑步，但是很快就被你发现了。你说我和N同为中学生，既然他能坚持，我就不可能做不到。可是对我这种体弱的人而言，那种训练有多痛苦，身强体壮的你是体会不到的。"大家不都是为了增强体魄在坚持跑步吗，就你不想努力。"这是你的想法，在你眼中，我就是一个讨厌集体训练的任性少年。

大家各自出门上学又放学回来，晚饭后还要听你训话。你讲话时我经常打盹，随后在小礼拜堂做晚祷期间，我也总是打瞌睡。这都是因为我体质虚弱。白天在学校上课、参加军事训练已经令我相当疲惫，到了晚上还要被迫聆听更加艰深的神学课，这叫我如何听得进去呢？

一天夜里，当大家正在听你的神学讲义时，我又开始打瞌睡了。尽管我躲在最角落的位置，大概也发出了轻微的呼噜声吧。你发现我在打盹儿，突然不说话了。旁边的 N 悄悄捅我的侧腹，我吓了一跳，瞬间睁开双眼。让人难为情的是，我的口水竟然顺着嘴角淌下来，打湿了上衣。一开始大家都笑出了声，但是一看到你严肃的面孔，全场霎时一片寂静。突然，你抬起一只手：

"出去！"

你用日语对我大喝一声。那是你第一次面红耳赤地呵斥人，也是我第一次见你被气得面孔狰狞。要知道，你平时在姨妈、母亲以及其他信徒面前总是保持一脸绅士的微笑。后来你向我母亲解释说，你不是因为我打盹儿而生气，而是气我凡事都以身体不好为借口，不好好遵守宿舍规定。你说的是事实。我承认我是个不认真参与宿舍活动的学生。我也承认如你所说，我还不够努力。可是，我在肉体上无法承受你理想中的生活，这也是不争的事实。我现在不是在为当时的自己辩解，我只是想说，你的善意和意志或许对强者有效，可是对于弱者，有时它显得过于残酷，非但没有成效，甚至还会变成毫无意义的伤害。

最终，还不到十个月，我就离开了你的宿舍，回到母亲的家里。母亲毕竟是女人，她仍然拼命想在我这个自由散漫的儿子身上找出长处和优点，但是从那时起，你似乎对我彻底失望了，再也看不起我了。其实你对我的态度跟从前没什么不同，只是你跟我说话的次数渐渐变少了。就这样，母亲的梦想——把我培养成你那样的司祭——彻底破碎了。

我重读了写完的部分，担心这封信是否会招致你的误解。我绝没有忘记你对我们母子俩的深情厚谊，别说是忘记，正是因为有你在，母亲才能从离婚后的胡思乱想中被拯救出来，加入足以支撑她心灵一生的基督教。此外，直到母亲去世为止，你一直给予她诸多帮助，对此我始终心怀感激。

只是，我想说的是另一件事。如果要把人分为强者与弱者，那时的你毫无疑问是个强者，而我是个没有骨气的懦夫。你对自己的人生、自己的信仰和自己的肉体都充满了自信，你是带着坚定的信念在日本传教的。与你不同，我是个从小到大，甚至到现在都对自己没有自信，又缺乏信念的人。我这样说，现在的你或许能够完全理解吧。可是在当年，你肯定会坚决反对。你一定会摇着头，大声告诉我，生而为人就应该一直向着更高的目标努力拼搏。然而，你的要强里也潜藏着意料之外的陷阱和薄冰一般的危险——而那才是宗教真正开始的地方，我想你在十五年后才终于明白了这个道理吧。

就在我中学毕业，还没能升进任何一所高等学校，失学在家的第二年里，母亲去世了。我不断考学，又接连落榜，这使得母亲感到愤怒、疲惫，经常唉声叹气。现在一想起那段时间里母亲的面容，我的心仍然会痛。她就是从那时起变得容易疲倦，还经常说觉得头晕眼花。有一天，你带我母亲去了医院，医生诊断说她的血压过高，可她还是一如往常地工作，每天参加晨间弥撒，过着严格自律的生活。

母亲离世的那一刻，我正在和朋友看电影。那段时间，我骗母亲说要去上预备学校，但是事实上，一天里的大半时间，我都瞒着她跟朋友们泡在三宫[1]的咖啡店和电影院里。那是十二月的月末，从电影院出来时，天色已黑。我打算给母亲打一通电话，骗她说因为有模拟考试，所以要晚回家。谁承想，接电话的人是你。我这才知道母亲在路上晕倒了，是你接到电话后赶了过去，而此时此刻，大家正在分头找我。"你在哪儿？"一听到你这样发问，我急忙挂断了电话。那天载我回家的阪急电车走得可真慢啊。从车站到家，我还是第一次跑得那么快。按响门铃，来给我开门的人是你。"已经，不行了。"你只轻声说了这么一句话。母亲被安放在被褥上，她的眉心之间还残留着苦闷的痕迹。姨妈和教会的人围在她身旁，我感受着他们向我投来的苛责的目光，注视着母亲那已经没有呼吸的白蜡一般的面孔。奇怪的是，当时我意识清晰，毫无痛苦和悲伤的感觉，只是呆呆地站在原地。你也默不作声。只有其他人在不停

---

1 三宫：神户市中心的主要购物场所。

地哭。

葬礼结束，人们离开之后，空荡荡的家里只剩下姨妈、你和我三个人。是时候决定该如何安顿我了。你看起来比我还要茫然，那种状态就像是失去了一直拥有的某样东西。因此，当姨妈问我有什么打算时，我回答说，不想再给别人添麻烦了。随后，姨妈提起了我的父亲。这时，你终于抬起头，依然满脸茫然地说，一切都尊重我的意见。就这样，你决定出面去向我的父亲说明情况。

母亲的住房交给你跟姨妈处理，我则去了父亲在东京的家。从那一天起，我开始和一点儿也不像我双亲的父亲夫妇生活。

和父亲一起生活后，我似乎明白了母亲为什么会跟他分开。"平凡是最幸福的，毫无波澜的人生才是最幸福的"，父亲时常把这种话挂在嘴边。他自己经营着一家公司，工作之余只会摆弄盆栽，修理庭院的草坪，以及听广播里的棒球比赛转播。关于我的未来，他成天都在告诫我，要当一个工薪族才安全保险。那里的生活完全不同于我跟母亲两个人时的严苛日常。在神户，哪怕是冬天的清晨，我也要被母亲叫醒，走过霜冻的马路前往教堂。在只有两个老婆婆跪着祷告的昏暗教堂里，法国司祭面朝十字架主持弥撒，耶稣基督就是在那座十字架上流下了鲜血。而在这里，人们从不谈论人生和宗教，他们只会聊诸如邻居的广播声太吵、配给大米变少了之类的话题。在神户，母亲一直向我灌输，只有与上帝有关的一切才是这人世间最崇高、最美好的。可是在这里，哪怕只是嘴上说说这种话，大家都会置若罔闻，会觉得你脑子有问题。我享受着比从前优越得多的物质生活，却觉得自己背叛了母亲，这种感受每一天都在折磨着我。尽管从前的日子很苦，可我没有一天不怀念跟母亲在一起生活的时光。对那时的我而言，唯有给你写信才能稍稍抚慰我良心上的痛苦。因为直到离世，母亲最尊敬的人都是你。我觉得，在给你写信时，我才能从背叛母亲意志的自责中获得短暂的救赎。

你经常给我写简短的回信。父亲一看到信封上是你的字迹，就会露出厌恶的神情。儿子的脑海里还残留着关于母亲的回忆、母亲的话语，而且还在跟她认识的人频繁保持联系，想必令他非常不快吧。"少跟那些念阿门的无聊和尚交往。"父亲把脸转向一旁，恼怒地抱怨道。第二年，当我总算混进一所私立大学的时候，你来信告诉我，你即将来东京的神学院赴任。

已经是深夜了。老婆和孩子早已睡下，整个家里只有我在为了这封信，回忆着自己过去的点点滴滴。重读写完的部分，我发现竟然还有那么多往事写不出。事到如今我才意识到，谈论你、谈论母亲，原来是这么难的一件事。要想把它们全部写下来，必须等到那些往事不再给任何人造成伤害的时候，不，更困难的是，我必须把从过去到现在的自己悉数道尽。你和母亲在我的人生中就是占据了如此重要的地位，你们早已在我的生命中深深扎根，无法剥离。不久的将来，我会在自己的小说里，将你和母亲给我留下的人生痕迹及其本质——道尽吧。

为了让这封信继续，我必须回到原来的话题上。你来到东京后，我立即去见了你。你看起来还和从前一样，不像其他神父或神学院的学生那样面色苍白，你的鞋子还是擦得那么干净，罩在你高大身躯上的黑色常服也纤尘不染，熨烫得很平整，你那充满自信的说话方式也一点都没变。我总算结束了失学生活的事让你很高兴。"你还相信基督吗？每天还坚持参加弥撒吗？"看到我沉默不语，你的脸上露出不快。"不可能是没时间吧？还是说你又要像从前那样，拿身体虚弱当借口？"就像我离开你管理的宿舍时一样，你的表情里写满了对我的失望与蔑视。

你的态度勾起了我少年时的逆反心理，再加上你在神学院的新工作也很繁忙，我们见面的机会逐渐变少。不过你并没有从我心里消失。在和父亲生活期间，我对母亲的怀恋越来越深，连从前对她的恨意都变成了想念，就连她那刚烈的个性也被我美化了。至少，是因为母亲，我这种吊儿郎当的人才懂得必须追求更崇高的世界，而你又构成了她人生的很大一部分。我选择进入大学文学部，想来也是受了母亲的人生态度的影响吧。有别于父亲那样普通的人生，母亲和你的活法完全是另一种境界，这也左右了我的人生抉择。当我的生活与你们的人生越来越远，差别越来越大时，我便频繁地想起你们，并为自己感到惭愧。

不久后，战争让我和你之间的距离越发遥远。一天，你突然写信告诉我，你必须离开东京，去轻井泽[1]生活。和其他外国神父一样，你是接受政府命令，被强制疏散到轻井泽去的。说是疏散，其实是在日本宪兵和警察的监视下，过着在收容所里一般的生活。

那段时间，学校停了课，我们被安排去川崎[2]的工厂里，在空袭随时可能降临的恐惧中，生产零式战斗机[3]的部件。那时连买一张去轻井泽的火车票都变得异常困难。不过，在冬日里的一天，我终于拿着好不容易到手的火车票，启程前往那座位于信州[4]的小镇。一下车，凛冽的寒风如刀割般划过脸颊，那种

---

1 轻井泽：日本具有代表性的避暑胜地，位于长野县东南部。
2 川崎：位于东京都以南的城市，是日本著名的工业城市之一。
3 零式战斗机："二战"期间日本的一型螺旋桨式舰载战斗机，是当时产量最大的战斗机。
4 信州：长野县的古称。

感受我至今难忘。和平时期，这里是繁华热闹的避暑胜地，眼下却是一片荒凉，到处都阴森昏暗，寂静无声。车站前的宪兵事务所里，两个眼神犀利的士兵正在火盆边烤火。光秃秃的落叶松林里，疏散人员正在烹煮菜粥，炊烟凄凉地飘向天空。我找到街道居委会办事处，在会长的带领下，来到你们居住的木质大洋房前，在结冰的院子里，我终于见到了你。会长在不远处背对我们站着，你对我说："一直在坚持参加弥撒吧？要相信基督。"在这种地方，你就算穿着破旧的衣裳，却依然纤尘不染。只是双手因为冻伤浮肿得很明显。你走进洋房，没过多久，拿出来一个报纸包裹。

"把这个带回去吧。"你匆匆说完，把包裹塞到我手上。负责盘查的会长起了疑心，走过来问道："那是什么？"你气愤地回答："我的黄油配给。我给的是自己的东西，这也不行吗？"

战争结束了。你从轻井泽回到东京，原本即将应征入伍的我也被免去兵役，从劳动动员[1]的工厂回到了被炸毁的大学校园。日本的基督教界也迎来了新的时代。战时被警察怀疑成间谍的外国司祭，以及像你这样遭受强制疏散的神父，如今又开始无所顾忌地传教，一些日本人为了寻求活下去的动力来到教会，另一些人则为了获得粮食和生活物资，或是为了接触外国

人而来到教会。那时，我经常看到你开着吉普车从神学院里出来，那段时间你忙极了。战争期间，神学院规模缩小，你受命负责学校的重建扩建工作。我去找过你，你的办公室是一座杜拉铝[1]材质的拱形小屋，那在当时相当罕见，你的秘书忙碌地应对着一个又一个来电。"神父现在不在。"秘书始终态度冷淡地如此回应，"不知道呢，会面时间无法确定。"

这些事不值一提。之所以写下这些无聊小事，其实是因为我一直在犹豫，应该如何切入这封信的核心。现在，我必须谈谈那件事了，从刚才开始我就觉得自己的书写凝滞了，我总担心会伤害到你，因此一直十分克制地写着这封信。但是，请原谅我。

不过，要如何写才好呢？事情到底为什么会变成这样，直到现在我也完全弄不明白。我不知道应该如何解释你心里渐渐发生的变化。威廉·萨默塞特·毛姆的作品中有一篇名为《雨》的小说，里面有一位逐渐打破禁忌，爱上一个女人的神职人员，毛姆试图通过描写无休无止、单调乏味的雨，从外部展开说明。就技巧而言，这种描写确实高超，但是当我现在要谈起你，我决不能以技巧做掩饰。那件事发生之后，人们都说：

---

1 杜拉铝：由杜拉金属公司于1906年制造出的铝合金材料，故称为杜拉铝。是世界上第一种铝合金。

"那种事……怎么可能做那种蠢事啊。"我也无法相信。可那就是事实。那件事已经过去这么多年，但我至今不知道该如何捕捉你的内心变化。

那是我大学毕业后不久，当时我还住在父亲家里，不过靠着兼职翻译流行杂志、机械杂志，也算是开始挣钱了。虽然想靠写作为生，但我完全没有自信能成为一名小说家。与此同时，为了躲避父亲接连不断安排的相亲，我跟一个不算聪慧的姑娘亲近了起来。这位姑娘后来成了我的老婆，当时我只给她提了一个条件。"虽然我不算个虔诚的基督教徒，但是如果你要跟我结婚，也不能对基督教漠不关心。"我是出于对母亲的怀念才一直没有放弃信仰的。就算有时偷懒不参加弥撒，不去教堂，对于母亲所信仰的，你为之奉献生命的宗教，我始终心怀敬畏，丝毫不敢有放弃的念头。为了让那姑娘学习基督教教义，我去找你帮忙。

你看起来有些惊讶。是没想到我这样的男人也能找到结婚对象吗？还是意外我竟然能命令别人学习基督教教义呢？你的心思我不得而知。你自然答应了我的请求，但就在那一次，我注意到一些奇怪的细节。你居然留着没刮干净的一点胡楂，而且鞋子也擦得不太干净。那些略显邋遢的细节若是放在其他司祭身上，我大概根本不会在意，但是出现在你身上，实在不可思议。哪怕是在漫长的战争时期，在轻井泽的收容所里，你的衣着都一如既往地干净整洁，你的鞋子也是纤尘不染，看不见一点泥土。这也是在宿舍寄宿期间，你要求我们严格遵守的规矩。因为自己的懒散，我讨厌那样的你，可同时又害怕你。你把我和未婚妻送到门口，只见一个女人正在那里和你的秘书说话。她穿一身和服，脸色看起来不太好，在日本人看来，她实在算不上漂亮。

我独自乘上拥挤的火车，前往跟母亲生活过的阪神地区。那时，关于母亲的回忆在我心里越扎越深，我想去母亲墓前，把瞒着父亲订下婚约的事情悄悄报告给她听。我们从前居住的那一带也全在空袭中被烧毁，姨妈一家直接定居在了疏散地香川县，我想拜访的熟人有一大半都不在了。但是我和母亲在漆黑的冬日黎明，为了前往教堂而默默走过的那条马路，以及那座教堂，却还是昔日的模样。当年的法国司祭已变成日本神父，但是和从前一样，神父待在还没有人来的教堂，独自主持着弥撒，蜡烛的火光将他的身影映照在墙壁上。我站在和母亲住过的房屋前（那栋房子早已成了三国人[1]的所有物），回想起母亲葬礼结束那天你空虚的表情。我在想，你当时的神情为什么会让我觉得你像是失去了什么呢？后来，我还去了那片松树林，当年你命令我把小狗扔掉，为了找它，我不知在树林里转

1　三国人：指日本"二战"投降后，居住在日本的非日本和非美军的第三国人士。

了多少遍。那只小狗哀伤迷蒙的泪眼忽然闪过我的脑海。在空袭后的废墟里，一股黄色的旋风腾空而起，一个疲惫不堪的男人正在用铁锹在地上挖东西。

正是从那段时间起，一些关于你的荒谬流言开始传进我的耳朵。那可真是不了解你的人才编造得出来的无聊诽谤，他们说身为神职人员的你，和一个日本女人的交往超过了应有的界限。当我听到这个传言时，立即回想起在你办公室门口见过的那个面色不好的日本女人。然而，我讨厌那些日本信徒的态度，他们总是只凭外表妄下判断，只依形式就随意评价他人，并且总认为自己才是正确的。"胡说。"我对传言一笑置之。因为我了解你的人品性格，知道你的意志有多么坚强。你毕竟是我母亲尊敬的人，就算稍有差错，也绝不可能做那种事。

我在很多地方都听到了那个流言。有人说看见你开吉普车载着那个女人，还有人说你跟那个女人去商店买过东西，总之尽是些充满了卑鄙的好奇心的坏话。"为什么不能一起坐吉普车呢？"我反驳那个传闲话的男人，"如果有事要办，还不能跟女人坐一辆车吗？"那人似乎吓了一跳，他盯着我，羞红了脸。"可是那女的离婚了，你……"关于那个女人，他似乎也不知从哪儿听说了些什么，"而且呀，她还有孩子呢。"我的母亲也是离过婚的女人，带着孩子的离婚女人。正是神父帮她获得信仰，让她见识到更崇高的上帝的世界。这些话已经冲到了嗓子眼，可我没有说出口。因为一种可怕……非常可怕的感觉也一起涌了上来。这么说来，难道母亲从前也被信徒们中伤过，被传过那样的闲话？母亲和你之间也曾被造谣过吗？我瞪着那个男人的脸，大喊道："不管别人怎么说，我相信那个人，我信他！"

相信。我确实相信过你，因为你也对我说过"请相信我"。你当时的话语，你的声音，时至今日我都没有忘记。你还记得吗？因为受不了那些无聊的流言，我曾跑去你的办公室，想告诉你我听到了些什么。你依然很忙碌，这一次你的胡子刮得很干净，可你的穿着却莫名地给人一种随意感，尽管我说不出是哪里不够精致整洁。你的裤子熨烫得很平整，夕阳透过窗户正好照在上面，看起来像是一片斑痕。可我总觉得，你身上散发出一种从前不曾有过的散漫气息。我告诉你外面到处在传你的谣言。你往上翻着眼珠，一动不动地看着我，我不知道你是否在认真听我说话。我说完后，你沉默了片刻，我一直望着落在你裤子上的那片夕阳。不久，你坚定地说道："请相信我。"

你的声音强而有力，就和从前对我说"请相信基督，请相信上帝和教堂"时一样。在我听来，你的声音里包含着岩石一般的坚定与自信。"请相信。"小时候在复活节受洗时，我和其他孩子一样，大声喊着"我相信"。我哪有理由不相信呢？母亲信了你一辈子，我又怎么会有理由怀疑呢？完成告解圣事[1]之后的那种安心感，久违地在我心里蔓延开来。我不禁苦笑起来。"再见。"我从椅子上站起身，你朝我点了点头。

　　为了和那个姑娘结婚，我经历了不少曲折，所幸总算是说服了父亲。不过他有个条件，不能在要说"阿门"的教堂举行结婚典礼。父亲真是不遗余力地想要切断我和母亲的情感纽带啊。我答应了他的荒谬要求，同时又跟妻子商量，打算举办两次结婚典礼。一场在酒店举办，邀请父亲和亲朋好友，另一场则只有我和她，在教堂进行。因为成为我妻子的她，当时已经下定决心要受洗了。当然，只有我们两个人的结婚典礼，一定要由你来主持。

　　就在举行酒店婚礼的前一天，为了不被父亲他们怀疑，我穿上普通西装，妻子也穿着相同颜色的套装，我们俩悄悄来到你所在的神学院。在这场没有宾客，只有我们两个人的结婚典礼上，我觉得过世的母亲正从遥远的地方为我们送来祝福。"至少我让我的妻子变成了信徒。"我很想向母亲这样炫耀。来到神学院门前时，妻子把刚买来的白色手帕塞进我西装胸前的口袋里，自己则在套装胸前别上了洋兰花，我看了不免心生怜悯。我吩咐她："你去告诉神父咱们来了。"

　　我站在教堂前等候。那一天天气很好，杜拉铝的拱形小屋

1　告解圣事：天主教会的七件圣事之一。

一字排开，在阳光照射下，看起来十分刺眼。我想起了母亲，如果她见到我的妻子，会说些什么呢？我不禁笑了起来。就在这时，只见妻子从对面慢慢朝我走来，她的身体看起来有些打晃。这姑娘，怎么已经开始紧张了呢。我苦笑着，扔掉了衔在嘴里的香烟。

"你怎么了？通知神父了吗？"她表情僵硬，默不作声。"不舒服吗？""没有。""那就别露出那么奇怪的表情呀。"尽管我这样说，她还是绷着脸，什么都不说。随后，她用鞋尖蹭着地面，突然对我说："咱们回家吧。"

"为什么？"

"为什么……"

"都什么时候了，别说那种没常识的话。"

"我，"她忽然面露难色地嘟囔道，"看见了啊。"

她说她看见了。当她推开办公室的门，正要通知你我们到了时，碰巧撞上你从那个女人的身体上离开，就是我们曾在门口见过的面色欠佳的那位女性。当时，那个女人的脸就在你的脸正下方。我的妻子什么都没说，连门都没来得及关上就回来找我了。

"你说什么！"愤怒涌上心头，"那种事，怎么可能！"我扇了她一巴掌，"连你也要乱猜吗？"她捂着被我打过的脸颊。"请相信我。"你对我说过的话，慢慢地在我心里响起。

结婚典礼上，妻子双目通红，眼泪汪汪。你会把那当成她喜悦的泪水吗？不可能，你不会那样想。我注视着祭坛，注视着为我们主持结婚弥撒的你，疑惑如同泥淖表面涌现的肮脏气泡，直往我心头翻涌，我强迫自己不要去想。你曾对我说，"请相信基督。"你不可能在做完那种事之后，还能主持基督的弥撒。即便是那个时候，我仍说服自己要相信你。

婚后，每当妻子因为那天早上的回忆而眉头紧皱时，我总是大声斥责她："你是在怀疑我母亲最信赖的人吗？"她摇摇头。但是，如果她说的是事实，那么她一生仅此一次的洁白婚礼就是被双手肮脏的司祭给玷污了。这实在太过残酷。因此，为了摆脱这个疑惑，我尽量避免与你见面。三个月后，我听说了一个确切的消息——你离开神学院了。

怎么会变成这样？我感到很茫然。不管怎样，我得去见你一面，让你告诉我一切。不管别人怎么说，想要继续相信你的渴望和被你背叛的痛苦交织混杂，令我心如刀绞。然而，神学院的人说不知道你去哪儿了。哪有这么不负责任的回答呢？我愤慨不已，可又无计可施。最后，我想尽办法才打听到，你正寄居在一个和你同为西班牙人的贸易商人家里。

我写信给你，你没有回应，而是让那个自称是你朋友的西班牙人捎来口信，说你现在想一个人静静。现在你连我——

不，正因为是我，你才更不想见面，我似乎能理解你的心情。我也能想象得出，此时的你孤身一人，正置身于何等羞耻、屈辱的境地。最终，我决定不再找你。

只是，这并不代表我遭受的打击也随之消失了。这到底算怎么回事呢？这种蠢事是从何时开始的呢？我完全不知情。唯有一个画面从我记忆深处翻涌而出——我第一次带妻子去你的办公室时，你下巴上那灰尘一般的邋遢的棕色胡楂。也许从那时起，你已经开始腐蚀了吧。一些眼睛看不到的东西，正在一点一点地侵蚀着你的生活、你的信仰。我想一定是这样，尽管这只是我徒然的想象。

可你为什么连对我都要撒谎呢？我是如此想要相信你。面对我的忠告，你曾那么自信地说出"请相信我"。愤怒和失望一齐刺痛了我的心，偶尔，旺盛的怒气还会让我产生更加可怕的联想——这么多年以来，你是不是一直在欺骗我们母子俩？每当脑海里冒出这种可怕的猜想，我总会拼命摇头，试图把它赶走。

我的妻子已经不再提起你。"教堂我再也不去了。那地方不可信。"她如此抱怨，而我没有自信做任何反驳。"就因为一个传教士的错，你就要批判整个基督教吗？"尽管如此狡辩，可我心里十分清楚，这样的话连我自己都无法说服。而且不单是我，很多神职人员和信徒都不知该如何解释这起突发事件，人们只能私下议论，困惑不已。最终，大家决定把这件事埋进沉默的死灰，不再过问，换句话说，就是采取掩盖丑闻的态度。

但这令我很难受，这个方法并不适用于我，我无法像其他人那样等待时间湮没流言，等待一切消失在忘却里。对我来说，忘记你就等于忘记母亲，拒绝你就相当于否定我过往人生中的一条宽阔支流。我不像大多数改宗者那样，能靠自己的意志选择信仰。长久以来，在某种意义上，我的信仰与我对母亲的怀恋紧密相连，与我对你的敬畏密切相关。我试图从根本上推翻这一部分，可是事到如今，我要怎么做才能像其他人那样把你忘记，把问题掩盖起来呢？

为此，我拜托过很多位司祭，"请去看看那个人"。我想说服自己，你是为了（我还尚未知晓的）比从前更崇高的信仰——更伟大的博爱行为——才放弃神学院，投入一个女人的怀抱。直到现在，不，恰恰是现在，我希望你能向我证明，你拥有的信仰比过去更加强烈了。然而，这种幼稚的幻想很快就崩塌了。大多数司祭都拒绝了我的请求。起初我觉得十分愤慨，他们平时总说，耶稣基督从不走向幸福的人和富足的人，而是奔赴孤独的人和经受屈辱的人，可是现在，谁都不愿向你伸出援手。不过，我的这种想法也有些肤浅。因为有一位司祭真的联系过你，你的回应却只有一句话，"不想见"。"现在还是让他一个人待着比较好，我们不理解他的心情。"当那位司祭这样告诉我时，我才意识到自己是多么不知轻重、自私自利。

我们之间持续多年的联系就此中断。想来，距离你第一次在圣爱医院走进我病房的那一天，已经过去三十余年。渐渐淡忘的你的话语、小狗被扔掉的回忆、和你在山路上跑步的痛苦、在宿舍寄宿时的往事、母亲的死，以及当年在轻井泽，你把自己的黄油递给我时那双冻伤红肿的手，过往的一幕幕都沉淀在我的人生河流里，变成重要的素材。那是一个人在另一个人的人生里留下的痕迹。我们在别人的人生里会留下怎样的痕迹，在不知不觉间将如何影响他人的人生方向，这些都很难察觉。正如海风改变了沙滩上松树的身姿，扭转了树枝的生长方向，你、母亲，以及其他许多人，是你们将我这个人扭转到了现在的方向。如今，曾影响过我人生方向的你，消失在了我人生中的某处。

后来，我听说你去英语培训学校当老师了，又有传闻说你靠当西班牙语家教为生。还有人告诉我，你和那个日本女人有了孩子。不过，这些事对我内心的打击已经比从前小了许多，当时让信徒们那样不知所措的事件，也在一点点被遗忘。

我和妻子再也没有谈起结婚典礼那天的事。不是它不值一提，而是我们两个都在有意回避这个话题。尽管如此，在吃完晚饭，从餐厅走进书房，关上房门，在书桌前坐定时，又或是在深夜，从一本书里仰起脸时，你的声音总会忽然浮现在我耳畔，"请相信我"。于是，为了让自己能够继续相信你，我努力让你的形象为我所有。这种想法也是让你（当然是经过变形的你）在我的小说中三度登场的原因之一。我想借此探索你内心的种种。也许，就像你指引我的母亲去往更崇高的世界，你在帮那个脸色不好的女人提升精神境界的过程中，惨遭暗算。你没有意识到，起初作为司祭的感情和怜悯之中，渐渐掺杂了身为一个男人的情感。是你太自信了，木强则折，或许正是你的过分自信，反倒使你突然失足。而像你那样的男人，只要失足一次，沿斜坡下滑堕落的速度就会很快。这样形象的假想，我在心里反复做过很多次，也失败了很多次。终究，我无从得知你迷失的真相，纵使提出那样的假设，我依然无法说服自己的心。

但是多年以后的一天，我终于又见到你了。那是一个周六的黄昏，在百货商场的屋顶。当时我住在驹场[1]，因此经常带儿子去那家百货商场屋顶的游乐园玩。那一天，我领着刚上小学一年级的儿子去玩，他一会儿坐旋转咖啡杯，一会儿又着迷地

1　驹场：位于日本东京都目黑区的街区，因为江户时代是幕府驯马场所在地而得名。

看着一投币就会说话的机器人。当他坐上飞机摩天轮，随着音乐在空中一圈一圈地旋转时，像我这样的家长们都四散开来坐在椅子、长凳上，一边休息，一边看着不远处的孩子们。我买了一瓶可乐，一边翻阅报纸一边慢慢喝着。当我无意中抬起头时，你的背影闯入我的视线。

为了安全起见，屋顶周边都安装了高高的铁丝网。铁丝网前放置了好几架望远镜，只要投入十日元硬币就能俯瞰城市街景，那里围站着很多家长和孩子。你就站在铁丝网与望远镜之间的地方，独自一人凝望着日暮时分的街道。城市上空挤满了黑沉沉的庞大云层，只有西边的一小片天空呈现出乳白色，其间漏出一线寂寥的夕阳。那是平淡无奇的日暮时分的东京天空，从这里望去，你的身影比街对面的大楼和公寓显得略低一些。是烟雾的关系吗？那些亮起灯光的大楼窗户看起来格外朦胧，公寓阳台上则晾晒着内衣和被褥。你已经不再穿天主教神职人员的黑色常服，也不再戴罗马领了，而是穿着一身灰色的旧西装。不知是不是因为那身西装，当年那样威风魁梧的你，现在看来却莫名地瘦弱寒酸。这么说或许有些失礼，但是你看起来就像个从外国来的乡下人。令我感到意外的是，当时我并不觉得非常惊讶。相反，我甚至感到十分自然、寻常，原因我并不清楚。当年你身上的那种坚定和自信消失不见了，在那个黄昏，对于在百货商场屋顶上消磨时光的大多数平凡的日本家庭而言，他们绝不会回头多看你一眼。我不由自主地准备站起身，可就在这时，那个我见过的女人出现了，她牵着一个穿白毛衣的孩子的手，正朝你走去。你们背对着我，护着孩子，从对面的出口离开了。

我所说的见到你，其实不过如此。当然，这件事我没有告诉妻子。这些年，那次不值一提的再会，总是在深夜或某个瞬间忽然浮现在我心里。当我一次又一次回味你的背影时，我总是把它和我人生长河里的其他几个人影重叠在一起。比如，小时候在大连街道上贩卖大列巴的俄罗斯老人。还有那个在教堂里拖着腿走路，总是避开旁人去神父楼的外国老人（那个外国老人也和你一样，因为结婚被剥夺了神职）。那年夏天的傍晚，他对想要逃跑的我说，"别害怕"。在他哀伤的双眼里，我看到了那条因你而被强行抛弃的杂种小狗的眼睛。小动物和小鸟的眼睛里为什么总是那样充满了悲伤呢？我在心里把他们聚集在一起，并为彼此建立血缘关系，我总觉得他们想对我说些什么。与此同时，当我在自己的人生里为他们安排出一方空间时，你的形象早已不是那个拥有强大自信和信念的传教士，而是被夹在亮起灯的大楼与晾晒尿布的公寓之间，已经不再从高处俯瞰、裁断人生，拥有和被你遗弃的小狗一样哀伤目光的人。这样一来，就算你背叛过我，我对你的恨意也随之减少。我甚至觉得，你过去所相信的一切都是为此而存在。或许，你早已洞察了这一切。因为在那个窗外烟雨蒙蒙的涩谷餐馆里，当服务生为你送上餐点之后，你以不会被其他客人察觉的速度，匆匆在胸前画了一个十字。关于你，我终于明白的事情，仅此而已。

母亲

傍晚，我抵达港口。

渡船还没有到。小码头上，灰色的微波卷着稻草屑和青菜叶，正不停撞击着栈桥，发出小狗喝水似的微弱声响。空地上停了一辆卡车，对面有两间仓库，仓库前，一个男人点起篝火，红黑色的火光随风摇曳。

候船室里，五六个穿长靴的当地人正坐在长椅上，耐心等待售票处开门。他们的脚边堆放着塞满鲜鱼的箱子、破旧的手提箱，以及挤满了活鸡的笼子。从笼子的缝隙间，那些鸡正长长地探出脖子，痛苦地挣扎着。长椅上的男人们一声不吭地坐着，不时向我投来试探的目光。

我仿佛在西洋画集里见过这样的场景，可惜想不起那是谁的作品，也想不起是什么时候看过的了。

大海的对面，灰色绵长的小岛堤岸上，闪烁着微弱的灯光。我似乎听到了狗叫声，不知是从对面小岛上传来的，还是在这一边的某处。

一部分灯光竟然在缓慢移动。终于，我看清了，那是驶进码头的渡船。售票处总算开门了，刚才坐在长椅上的长靴男人们排起了队伍，我一站到他们身后，一股鱼腥味便扑面而来。听说，那座岛上的大半居民都过着半农半渔的生活。

这里的每一张面孔都很相似，颧骨凸出、眼窝凹陷、面无表情，看起来就像是在惧怕些什么。正是这种狡猾与怯懦的个性，为这片土地上的人们塑造出胆怯不安的面孔。这种想法，或许是出于我对即将造访的那座小岛的成见。毕竟从江户时代起，那座岛上的居民就一直在贫穷、重体力劳动以及宗教迫害中苦苦挣扎。

终于坐上渡船，开始离港了。从九州主岛到那座小岛，每天只有三班船。听说直到两年前，这艘渡船还只在每天早、晚各往返一次。

说是渡船，其实更像是舢板，船上连椅子都没有。乘客们就站在自行车、鲜鱼箱子和旧手提箱中间，任窗外冰冷的海风拍打着脸颊。如果是在东京，肯定会有人发牢骚，可是这里没有一个人抱怨。我能听到的只有渡船的引擎声，就连脚边笼子里的鸡都一声不叫。我用鞋尖轻轻踢了踢笼子，那些鸡马上露出和刚才那些渔民一样的惧怕表情，真是奇怪。

海风越发凛冽，海面漆黑一片，连浪花都是暗黑色的，我想点一支烟，可是不管尝试多少遍，火柴都会被海风吹灭，到最后，我只得把被唾沫浸湿的香烟扔到船外。不过风太大了，那支烟也许滚落到了船上的某个角落。从长崎到这里，我在公交车上晃悠了足有半天，旅途的疲惫让我的整个后背到肩膀都累僵了，我闭上眼，听着引擎的声音。

漆黑的海上，有好几次，引擎声都是突然就没了力气，随后又会急忙猛响一阵，片刻过后就又没劲了。如此起起伏伏数遍，当我再次睁开眼时，小岛的灯光已经近在眼前。

"喂 ——"

我听到一声呼喊。

"渡边不在吗？把网子扔过来吧。"[1]

紧接着就是网子被扔到栈桥上的沉闷声响。

我跟在当地人后面下了船。夜晚冰凉的空气里混杂着大海和鱼的气味。出了检票口，能看到五六家售卖干货和土产的商店。用飞鱼晒制而成的飞鱼干是这一带的名产。一个身穿夹克、脚蹬长靴的男人正站在店铺前，目不转睛地看着从检票口涌出的人群，只见他朝我走了过来。

"您辛苦了，我是教会派来接老师您的。"

我表现得越是客气，对方越是不停地鞠躬，甚至还把我的小行李包抢了过去，我再三拒绝，他却抓着我的包不肯放手。

1　原文此句为当地方言。以下岛民的对话也均为方言，不再做特别说明。——编者注

那双撞到我手上的手掌，就像树根一般又大又硬，跟我在东京接触过的信徒的手完全不同，那些人的手总是潮湿而柔软的。

尽管我一直想和他并肩行进，他却固执地要拉开一步距离，跟在我的身后。他刚才的那声"老师"让我很困惑，这样的称呼恐怕会引起当地人对我的戒心。

港口那股鱼腥味始终没有散去。经年累月，那种味道大概早已渗透进路两旁低矮的房屋里，渗透进狭窄的道路上了。这回我站在和刚才乘船之前完全相反的位置，大海在我左侧，对面则是九州本岛微弱的灯光。

"神父最近还好吗？收到他的信，我就马上飞过来了……"我开口道。

身后没有传来任何回应。我以为是自己哪句话说得不合适，不过似乎并非如此，也许只是对方有所顾虑，不敢跟我闲聊。又或者，这里的人自古以来就有不乱说话的习性，或许他们认为这就是最好的自保计策吧。

我是在东京与那位神父结识的。当时，我正在创作一部以天主教为背景的小说，在一次聚会上，我主动找到这位来自九州小岛的神父。他的面容也是这一带渔民的特有长相，颧骨凸出、眼窝凹陷。可能是被东京那些知名的主教、修女给彻底镇住了，即便我主动跟他搭话，他也只是表情僵硬地回答了几句话，这一点像极了此刻帮我拿包的那个男人。

"你认识深堀神父吗？"

去年，我曾去过距离长崎一小时公交车程的一个渔村，深堀神父是村里的司祭，对我颇为照顾。他出生于浦上町，在海边教会了我钓鱼，又带我探访了地下教徒[1]的家，那些人到现在都固执地不愿改宗。不用说，在漫长的锁国期间，地下教徒们所信仰的宗教早已偏离了正统基督教，融合进了神道教[2]、佛教，甚至是当地的风俗迷信。因此，自从珀蒂让神父[3]在明治年代[4]来到日本之后，帮助从长崎隐匿到五岛与生月地区[5]的地下教徒改宗，就成了当地教会的工作。

"他让我在教会留宿过。"

我努力挑起话头，对方却始终紧握果汁杯子，只回答我"是的，是的"。

"你们教区也有地下教徒吗？"

"是的。"

1　地下教徒：江户时代，由于幕府严厉禁止天主教，长崎等地的天主教徒不得不转入地下活动，在没有外来传教士的状况之下维持自己的宗教信仰。

2　神道教：日本的宗教，最初以自然崇拜、祖先崇拜、天皇崇拜为主，视自然界各种动植物为神祇。

3　珀蒂让神父：贝尔纳·珀蒂让（1829—1884），出身法国的罗马天主教徒。他是长崎传教活动的主力要员之一，曾参与大浦天主堂的建设，在当地建立了众多教育设施和教会。

4　明治年代：指1868年至1912年明治天皇当政时期。

5　五岛与生月地区：指位于长崎县的五岛列岛、生月岛，在禁教期间是地下教徒的聚居地。

"最近，那些人开始上电视挣钱了，看起来开朗了不少。深堀神父之前介绍我认识的老爷子，就像电视节目里的主持人似的。你们那儿的地下教徒，见面容易吗？"

"哎呀，恐怕不容易啊。"

就这样，我们的对话结束了。我离开他，去找更容易沟通的人聊天了。

然而意想不到的是，一个月前，这位木讷寡言的乡下神父给我寄来一封信。信的开头是天主教徒间常用的问候语"主内平安"，信上说，他说服了居住在自己教区里的地下教徒，那些人似乎愿意把储藏室神像和祈祷文的抄本拿给我看。神父的字写得出人意料地漂亮。

"有地下教徒住在这里吗？"

我转过头去问。那个男人摇摇头，回答道：

"没有。他们住在山上的部落里。"

半小时后，我们抵达教会。大门前，一位身着黑色常服的男人正背着双手，和一个推着自行车的青年站在一处。

由于之前跟神父见过一次面，我随意地上前打招呼，谁料他却露出些许困惑的神情，转头看了看他身旁的青年和来接我的男人。是我太大意了，我忘了这里跟东京、大阪不同，在这种小地方，神父的地位等同于一村之长，有时，他们受尊敬的程度堪比当地的领主。

"次郎，快去中村那儿，"神父命令青年，"告诉他老师来了。"青年恭恭敬敬地鞠了一躬，随后跨上自行车，很快就消失在夜色之中。

"地下教徒的部落在哪儿呀？"

听到我的询问，神父指了指和我来时相反的方向。或许是大山遮挡的缘故，那里连灯光都看不到。在天主教徒遭受迫害的时期，为了躲避官吏，地下教徒们会尽量居住在让人难以搜寻的山里或是海边，想必这里也不例外。看来明天要走不少路啊，我开始为自己不算强壮的身体担忧。虽然七年前的胸部手术治好了我的肺病，但我对自己的体力依然没什么自信。

我梦见了母亲。梦里的我好像刚做完胸部手术，被送回了病房，我像一具尸体似的被扔在床上，鼻孔里插着氧气管，右手和双脚上还扎着针，连接着固定在病床上的输血瓶。

我的意识应该还没完全清醒过来，但是在麻醉的倦怠感中，我似乎知道握着我手的那个灰色人影是谁。是母亲。医生和妻子竟然都没在病房里。

这样的梦我已经做过好几次了。醒来时，由于分不清梦境与现实，我总是会继续躺在床上发一会儿呆。每一次，当我终于意识到这里是我的家，而不是住了三年的医院时，我总会不由自主地长叹一口气。

我从未跟妻子提起过这个梦。其实，连续做了三场手术的那天晚上，妻子一觉也没睡，照看了我一整夜，可她却没有出现在我的梦里，这让我深感歉疚。然而我不愿说的真正原因是，连我自己都没有意识到，在母亲已经去世二十年后的今天，她跟我的联系依然紧密到会经常出现在我的梦里，这不免令人生厌。

我对精神分析学没什么研究，不知道这样的梦境到底意味着什么。在梦里，其实我看不清母亲的脸，她的行为举止也不甚明确，事后想想，尽管那个身影很像母亲，但我无法断言那就是她。只是，我能确定那个人不是妻子，不是看护或护士，当然也不是医生。

在我的记忆里，即使是儿时生病，母亲也不曾握着我的手陪我入睡。平时，当我回想起母亲，第一个想到的总是她个性刚烈的模样。

五岁的时候，由于父亲工作的关系，我们一家居住在中国大连。我清楚地记得，家里小小的窗户外总挂着冰柱，看起来就像是鱼的牙齿。黑压压的天空，将下未下的雪。在六叠[1]大的房间里，母亲正在练习小提琴。她已经将同一段旋律来来回回拉了好几个小时，她用下颌夹着琴，面孔僵硬得好似石头，只

1　叠：日本房间的面积单位，一块榻榻米的面积即一叠，一叠约等于 1.62 平方米。

有双眼盯着空中的一点，仿佛是要从那一点里捕捉住自己渴求的那个音节，而在抓住那个音节之前，她叹气、焦躁，不停地在琴弦上挥动握着琴弓的手。她下颌上褐色的茧子就像一块洗不掉的污点，那是从上音乐学校时起母亲一直坚持拉琴而造成的。她的五个指尖摸起来也像石头一样坚硬，那是她为了找准一个音节，将琴弦用力按压数千次的见证。

上小学时，母亲在我心里的形象，就是一个被丈夫抛弃的女人。在大连的家里，黄昏时分幽暗的房间内，母亲坐在沙发上一动不动，好似一尊石像。她那种拼命忍受痛苦的样子，让还是孩子的我实在看不下去。我坐在母亲旁边，看似在认真写作业，其实全身的注意力都集中在她身上。她低垂下头，一只手撑在额头上，沉思着、痛苦着，那种情绪仿佛也感染了我，我感到不知所措，焦灼难耐。

从秋到冬，那种阴郁的气氛日复一日地存在着。因为不想再看到黄昏房间里母亲的身影，放学回家的路上，我总会竭尽所能地消磨时间。我会跟在卖大列巴的俄罗斯老头身后到处走，直到太阳西斜，才会踢着路边的小石子，朝家的方向走去。

"你妈妈，"一天，父亲罕见地带我去散步，途中他突然对我说，"有重要的事，需要回日本……你要跟她一起去吗？"

父亲的脸上露出大人撒谎时的神情。我只"嗯"了一声，然后继续踢着小石子，一言不发地跟在他身后。之后的那个月里，母亲带着我从大连乘船前往神户，去投奔她的姐姐。

中学时代，关于母亲的回忆有很多，但都能归结为一点。就像从前为了找对一个音节而无休无止地拉小提琴，那些年，母亲追寻着她唯一的信仰，过着严苛而孤独的生活。冬日清晨，窗外还是冰冻的黎明时分，我却看到母亲的房间已经亮起了灯。我知道她在房间里做什么，她正在拨动念珠祈祷。不多时，她就会带着我乘上阪急电车的始发车，前往教堂去做弥撒。空无一人的车厢内，我大剌剌地坐着打盹儿，偶尔，当我睁开眼时，总会看到母亲的手指正在拨动念珠。

天还没亮，雨声唤醒了我。我匆匆穿好衣服，朝平房对面的那座红砖礼拜堂跑去。那座礼拜堂有着与这座贫穷的岛上村庄不相符的雅致。昨晚听神父介绍说，是当地的信徒们自己搬运石头、切割木料，花费两年时间建起了这座礼拜堂。据说在三百年前天主教兴盛时期，为了取悦传教士，信徒们会自己建造教堂，看来这一风俗在这个偏僻的九州小岛上得到了传承和延续。

依然昏暗的礼拜堂里，三个头戴白纱的农妇穿着下地干活的衣服跪在地上祷告着，此外还有两个穿着工作服的男人。正殿里没有跪凳，也没有长椅，大家就跪在榻榻米上祈祷。弥撒结束后，他们会直接扛起锄头下地干活，或是出海捕鱼。祭坛上，那位眼窝凹陷的司祭双手捧起圣杯，注视着大家，念诵起领圣体的祷文。蜡烛的火光落在巨大的拉丁语《圣经》上。我想起了母亲，三十年前我们每天都去的那间教堂和这里莫名地相像。

弥撒结束，走出礼拜堂时，雨虽停了，却又出现了大雾。昨晚神父告诉我的部落所在的方向，此时正被乳白色的浓雾遮掩，山上的树林如剪影画一般在雾中若隐若现。

"这么大的雾，去不了了啊。"

站在我身后的神父搓着手低语道。

"山路特别滑，今天就休息一天，明天再去吧，怎么样？"

村子里也有天主教徒的墓地，神父提议，下午可以去那里看看。由于地下教徒所在的部落位于半山腰，当地人或许还能冒雨前行，只剩下一片肺的我可不具备在雨中登山的肺活量。

透过浓雾的缝隙可以看到大海。和昨天不同，现在的海面看起来漆黑而冰冷。今天还没有船只出海。站在这里也能清楚地看到，海浪正扬起白色獠牙般的泡沫。

和神父用过早餐，回到借宿的六叠房间里，我躺下来，反复翻阅起记述这一带历史的书籍。窗外又下起了细雨，流沙似的雨声让房间显得愈加寂静。除了贴在墙壁上的那张公交车时刻表，房间里空无一物。我忽然很想回东京。

根据记录，此地的天主教徒迫害行动始于 1607 年，在 1615 年至 1617 年达到高潮。

佩德罗·德·圣·多米尼克传教士

马蒂斯

弗朗西斯科五郎助

米格尔新右卫门

多米尼克喜助

以上这些名字，只是 1615 年于我现在所在的村子里殉教的神父和修道士，除此之外，没有被记录下姓名的农民信徒、渔夫的妻子之中，为了信仰而舍弃生命的人或许还有很多很多。之前我闲来无事阅读天主教徒殉教史的时候，心里冒出过一个大胆的假设——这些处刑并非为了示众，而是专门用来儆戒部落里的领导者。不过，没有当时的记录佐证，我的假设也只能停留在猜测阶段，但是我觉得，当时的信徒也许不是凭个人意志决定要殉教或是弃教，而是需要遵从全体村民的意愿。

在那个时候的部落民[1] 和村民中，依靠血缘关系维系群体意识的观念比现在要强得多，因此，无论是忍受迫害，还是屈服改教，恐怕都不是个人的决定，而是全体村民的选择。如果事

---

1 部落民：在日本德川幕府时代，从事屠宰业、皮革业等所谓贱业的人和乞丐游民被称为部落民。他们处于社会底层，聚居在条件恶劣的官府指定区域，严禁与平民通婚，备受社会歧视和压迫，因而形成了特殊的社会团体——"部落"。

实真的如我猜测，官吏们要是把誓死守护信仰的部落民都杀掉的话，会造成劳动力的大量削减，所以他们只处决领导人物。若是陷入不得不改教的处境，为了自身部落的存续，部落民往往会选择集体弃教。我认为，这正是日本天主教徒殉教和外国教徒殉教行为的一大差异。

通过记录得知，在这座南北长10千米、东西宽3.5千米的小岛上，从前曾居住过约一千五百名天主教徒。当时活跃在岛上的传教士是意大利司祭卡美卢斯·科斯坦佐，他于1622年在田平海滨被处以火刑。即便看着柴火被点燃，自己被黑色的浓烟包围，他唱诵的赞美诗 Laudate [1] 依然回荡在人群之中。唱完这一首，他大声疾呼五遍"圣哉"，咽下了最后一口气。

农民和渔民的处刑地点则位于岩岛，那里岩石遍布，从岛上乘小船前往需要半小时。信徒们被绑住手脚，从小岛的悬崖峭壁上推入大海。迫害最甚时，每个月在岩岛遭受处刑的信徒不少于十人。官吏们也嫌麻烦，有时便将数名信徒一齐用草席裹了，串珠似的扔进冰冷刺骨的海里。至于那些信徒的尸体，大部分都不知所终。

直到过午时分，我一直在读这些凄惨的岛民殉教史以消磨时间。细雨依然在下。

1　拉丁语，意为赞美。——编者注

吃午饭时，神父不在。一位颧骨凸出、晒得黝黑的大婶为我准备了饭菜。我本以为大婶是渔民的老婆，然而在闲聊中意外得知，她竟然是一位终生独身、衷心侍奉上帝的修女。说起修女，我想到的都是在东京经常看见的身着奇特黑色衣服的女性，来到这里才初次听说，这附近有一个俗称"女部屋"[1]的修道会。修女们一起过着集体生活，她们每天也和普通农妇一样下地干活，在托儿所照看孩子，或是在医院护理病人，那位大婶就是其中一员。

"神父骑着摩托车去不动山了，下午三点左右应该能回来。"大婶看向被雨滴打湿的窗户，继续说道，"偏偏遇上这么差的天气，老师您也很无聊呢。村公所的次郎马上就过来了，神父说，他会带您去参观天主教徒的墓地。"

她所说的次郎，就是昨天晚上和神父在教堂门口等我的那个青年。

大婶说得没错，午饭过后不久，次郎就来找我了。他还特意为我准备了长靴。

"我想着，您要是穿自己的鞋，会弄得到处是泥。"

我越是跟他客气，他越是不住地低头赔礼，说自己带来的那双长靴太旧了。

1　女部屋：原指在武士家中做用人的女性们所居住的房间。

"让老师您坐这样的车，真是不好意思。"

我坐在次郎驾驶的轻四轮车[1]里穿过街道，和我昨晚想象的一样，这里的房屋低矮，走到哪儿都有一股散不去的鱼腥味。尽管雨下个不停，港口仍有十艘左右的小船在准备出海。这里只有村公所和小学校是钢筋混凝土建筑，即便是繁华街道，开车用不了五分钟，道路两旁已然变成茅草屋顶的农家民房。电线杆上张贴的脱衣舞广告被雨水淋湿。广告上画着一个用手遮住乳房的裸女，标题是相当劲爆的五个大字："性器的王者"。

"为了抵制那种东西，神父在村子里举行过反对运动。"

"不过年轻人们常去吧。年轻的信徒也需要……"

听着我的玩笑，次郎紧握方向盘，什么都没说。我慌忙转移话题：

"现在，岛上有多少信徒啊？"

"应该有一千人左右吧。"

据书上记载，天主教兴盛的时代，这里有一千五百名信徒，也就是说现在比当时少了五百人。

"地下教徒的人数呢？"

"不清楚，每年都在减少吧，还在遵守潜伏规矩的都是些

---

1 轻四轮车：日本将乘用车划分为不同等级，包括普通车、小型车和轻四轮车，发动机排量 0.66 升以下的微型乘用车是轻四轮车，是日本车辆类别中最小的公路合法车型。

老人，年轻人们都不太理解。"

次郎给我讲了一件有趣的事，尽管天主教的司祭和信徒们再三劝说，地下教徒们就是不同意改宗。他们的说辞是，只有他们信仰的基督教才是老祖宗传下来的，是真正的旧教[1]，他们坚持认为，明治年代以后的天主教属于新教。再者，现在的司祭服装也与他们代代听闻的传教士的服装相去甚远，这成了他们不信任的根源。

"不过，法国神父绞尽脑汁想出个法子，他换上了以前传教士的装扮，去拜访那些地下教徒。"

"然后呢？"

"那些人说虽然看起来像，但总觉得哪里不一样，还是无法相信……"

从次郎的这番话里，我隐约感觉到他对地下教徒的轻蔑态度，我笑出声来。那位法国神父实在幽默，他去拜访地下教徒时，竟然专门换上了从前葡萄牙传教士的装束，不过，这确实像这座岛上会发生的事。

出了村子，我们顺着灰色的沿海公路行进。左手边紧邻高山，右手边大海一览无余。海面呈现出混沌的铅灰色，海浪声

1　旧教：16 世纪欧洲宗教改革后，称天主教为旧教。与之相对的是基督教的新教（与天主教、东正教并称为基督教三大流派）。

喧闹嘈杂，我刚把车窗打开一条缝，混杂了雨丝的风就直往脸上扑。

次郎将车子停在有防风林遮蔽的地方后，帮我撑起雨伞。沙土地里竟然散落地栽种着低矮的松树。天主教徒的墓碑就位于面朝大海的沙丘斜坡之下。说是墓碑，不过是连我都能搬得动的石块，有三分之一埋在沙子里，顶部则因风吹雨淋变成浅灰色，表面的刻字痕迹已经很淡了，只看得出一个十字架，以及罗马字母 M 和 R。M 和 R 让我联想到圣母玛利亚的名字 Mary，埋在这里的信徒或许是一位女性。

为什么只有这一座墓碑被安置在距离村子这么远的地方呢？我不得而知。也许是遭受迫害后，她的血亲将尸骨悄悄转移到了这里。又或者，那位女性就是在这片海滩附近被处死的。

这座无人理睬的天主教徒墓碑面前，就是波涛汹涌的大海。海风吹在防风林上的声音，和电线相互摩擦的声音很像。海面上能看到一座黑色的小岛，那儿就是这里的信徒被推下悬崖，被串珠似的扔进海里的岩岛。

我记得自己曾对母亲撒过谎。

现在想想，我的谎言似乎都源于面对母亲时的自卑。被丈夫抛弃后，唯有借助信仰来慰藉苦痛的我的母亲，她将从前拉小提琴时专注追寻一个音节的那些热情，全部献给了唯一的上帝，她那种倾其所有的心情我现在已能理解，但在当时，那确实令我感到窒息。她越是强求我拥有跟她相同的信仰，我越像一个溺水的少年，挣扎着想要摆脱水的力量。

我们班有一个姓田村的同学，他是西宫[1]某个妓院人家的儿子，脖子上总缠着脏兮兮的绷带，还总是请假不来上学，或许从那时起，他就患上了结核病。田村被优等生看不起，又没什么朋友，我之所以会接近他，不可否认，正是出于对我那严厉母亲的报复心理。

田村第一次教我抽烟的时候，我觉得自己好像犯了天大的罪。我们躲在学校弓道[2]场的背后，田村一边留意着周围的动静，一边从校服口袋里悄悄取出一个皱巴巴的香烟盒。

"一开始不能使劲往肺里吸，你试着把烟留在口腔里。"[3]

我咳嗽个不停，烟味刺激着鼻腔和咽喉，让我感觉很痛苦，就在那一瞬间，母亲的脸浮现在眼前。那是天还没亮就从床上起来，拨动念珠祈祷时的母亲的脸。为了把那个画面从我的眼前赶走，我比刚才更加用力地深深吸了一口香烟。

放学后去看电影也是从田村那里学来的。那是位于西宫阪

1　西宫：位于日本兵库县东南部的城市。
2　弓道：日本的一种竞技运动，起源于中国的射箭，传入日本后发展成了弓道。
3　田村所说的话均为关西方言。——编者注

神站附近的二番馆，我躲在田村身后，走进黑洞洞的电影院。厕所的臭味不知从何处飘来。在孩子的哭闹声、老人清嗓子的声音中，放映机转动的声音单调地重复着。妈妈这会儿在干什么呢？我只顾着思考这个问题。

"咱们回吧。"

我的多次催促惹恼了田村，他对我说：

"你这人真烦，那你自己回去吧。"

走出电影院，阪神电车载着下班回家的人们，从我们面前经过。

"别那么怕你老妈。"田村讥讽地耸了耸肩，"撒个谎不就行了嘛。"

和他分别之后，我走在空无一人的街道上，琢磨着该撒什么谎。可是一直走到家门前，我都想不出一个合适的谎话。

"今天有补课，老师说该备考了。"

我屏住呼吸，一口气说完这句话。看到母亲毫不怀疑地相信了我，伤心之余，我也暗自感到满足。

说实话，我并没有什么真正的信仰心。即使遵循母亲的命令每天去教堂，我也不过是双手合十，装出祷告的模样，实则心不在焉地想着其他事。我会想起和田村一起看过的电影场景，甚至是某一天他悄悄拿给我看的女人照片。礼拜堂里，信徒们时站时跪，跟着主持弥撒的司祭一起祷告。而我越想控制自己，那些邪念就越是闯进我的脑海里来嘲弄我。

　　我真的不理解母亲为什么会信这些东西。神父说的话，《圣经》上记载的事，还有十字架，我觉得那些都是和我没有关系，毫无真实感的古老而久远的东西。每到周日，大家就会聚集在这里，他们一边清嗓子、训孩子，一边又做着双手合十的动作，对于他们当时的心境，我总是持怀疑态度。有时，我也会为自己的疑心感到懊悔，对母亲心生歉意。我曾祈祷，如果上帝真的存在，愿祂能赐予我一颗信仰心，可是我的感受并不会因此而改变。

　　我不再参加每天早晨的弥撒了。要准备考试只是我的借口。冬日清晨，听着母亲独自出门去教堂的脚步声——要知道那段时间她已经开始犯心脏病了——我满不在乎地赖在床上。没过多久，连每周必去的周日弥撒，我也不再参加了，就算当着母亲的面出门，我也会跑去西宫，在顾客渐渐聚集起来的热闹商业街里闲逛，看着电影院的广告牌消磨时间。

　　就是从那时起，母亲经常感到呼吸困难。有时走在路上，她都要停下脚步，单手按着胸口，满脸痛苦地站在原地。然而我并没把那当回事。一个十六岁的少年还无法想象死亡有多恐怖。发作时间总是很短暂，只要过上五分钟，母亲就会恢复原样，因此我以为那不是什么大不了的病。其实，是长期累积的苦闷与疲劳让她的心脏变弱了。尽管如此，母亲依然每天凌晨五点起床，然后拖着沉重的步伐，穿过空无一人的街道，步行去电车站。坐两站后下车就是教堂所在的地方。

有一个周六，我实在不堪诱惑，在上学途中下车去了商业街。我将书包寄存在和田村经常光顾的咖啡店里，距离电影开场还有不少时间，口袋里还有一块钱，那是前些天从母亲的钱包里偷拿来的。那时我染上了偶尔翻母亲钱包的习惯。我一直看电影看到傍晚，然后若无其事地回了家。

推开家门，没想到母亲竟然站在门口。她盯着我，一句话也不说。片刻，她的表情渐渐扭曲，眼泪慢慢滑过脸颊。我这才知道，是学校打来的电话让一切都败露了。当晚，母亲一直在隔壁房间抽抽搭搭地哭到深夜。我用手指堵住耳朵眼，拼命不让自己听见那声音，母亲的哭声却依然刺激着我的鼓膜。比起后悔，我想的更多的是，该用什么谎言摆脱当前的处境。

次郎带我来到村公所，在查看出土文物时，窗口处开始发亮，我一抬眼，发现雨终于停了。

"学校那边，还能再找到一些吗？"一位叫中村的助手站在一旁，担心地问道。看他的表情，好像觉得这里什么都没有是他的责任。村公所和小学校里存放的不是我想看的地下教徒的遗物，而是学校老师们发掘出来的古代陶器碎片。

"还有没有地下教徒的念珠、十字架之类的东西呢？"

中村表现得越发羞愧，他摇着头说：

"地下教徒那些人呀，就喜欢藏东西。除非直接去找他们，否则没办法。那些人啊，都太顽固了。"

和次郎一样，我从中村的话音里也感受到了他对地下教徒的轻蔑。

出去看天气的次郎回来了，他向我提议：

"雨停了，明天可以上山。那我们现在先去岩岛转转怎么样？"

刚才去看天主教徒的墓碑时，我曾问次郎能不能带我去一趟岩岛。

助手中村立即给渔业协会打电话，这种时候就显现出了村公所的便利之处，协会马上答应派一艘电动小船来。

中村借给我一件涂胶雨衣。加上次郎，我们三人一同前往港口，一位渔民已经在那儿帮我们预备好了小船。中村在淋湿的木板上铺好草席让我坐下，我们的脚边积了不少脏水，水里还漂着一条小小的银色死鱼。

伴随着马达声，小船驶向依然汹涌的海面，摇摆逐渐激烈起来。小船乘上浪时还能感到些许快感，可是往下落的时候，我的胃部就会拧作一团。

"岩岛是个钓鱼的好地方，休息日的时候我们经常去，老师您平时钓鱼吗？"

见我摇头，助手中村的表情立马变得沮丧，紧接着，他开始向随行的渔民和次郎炫耀自己钓过大黑鲷。

　　浪花毫不留情地打湿了身上的雨衣，冰冷的海风又害得我一直不敢张嘴。刚刚还是浅灰色的海面，现在看起来漆黑而充满寒意。近四个世纪以前，信徒们就是被接连扔进了这片大海。如果降生在那样的时代，我想我没有自信去承受那种可怕的刑罚。忽然，我想起了母亲。在西宫的繁华商业街徘徊，对母亲撒谎的回忆，猝不及防地在我心里复苏。

　　小岛渐渐近了。恰如其名，岩岛是一座岩石遍布的小岛，似乎只有山顶生长着少许灌木。听助手中村说，除了邮政省[1]的工作人员偶尔会来这里看看，村民们只有在钓鱼的时候才会到这里来。

　　十几只鸟在山顶嘶哑地鸣叫着，盘旋着。灰霾欲雨的天空被鸟鸣声撕裂，显得荒凉可怖。凹凸不平的岩石裂缝看起来也格外清晰鲜明。海浪咆哮着冲向岩石，翻腾起白色的水花。

　　我想看看信徒们被推下海的峭壁在哪里，中村和次郎却都说不知道。或许并没有一个固定的行刑地点，从任何地方都可以把人推下海去。

　　"真可怕啊。"

1　邮政省：日本的行政机关，负责邮政、电信等相关业务。

"放到现在真是难以想象。"

虽然同为天主教徒，我刚才一直在思考的事，中村和次郎似乎并没有想到。

"这个洞穴里经常飞来蝙蝠，走近点儿就能听到吱吱吱的叫声。"

"真奇妙啊，飞那么快也撞不到一起。好像是因为有雷达什么的。"

"老师，咱们赶快逛一圈就走吧。"

白色的海浪残暴地冲刷着岩岛的背面。乌云疏散，岛上群山的半山腰渐渐分明起来。

"地下教徒的部落就在那附近。"

和昨晚的神父一样，助手中村也指了指那座山的方向。

"他们现在也和大家有来往了吧？"

"嗯，学校里有个叫下村的勤杂工就是那个部落里的。不过，那家伙总让人有点反感，我们跟他说不到一起去。"

据他们两个人说，对于跟地下教徒往来、结婚，村子里的天主教徒依然有所顾忌。至于理由，相比宗教信仰上的差异，心理上的对立才是主要原因。时至今日，地下教徒也只和地下教徒结婚，因为只有这样，他们才能守住自己的信仰。正是这种习惯，让他们至今仍被视作一个特殊群体。

浓雾掩映下的半山腰处，三百年间，地下教徒群体和其他隐居的部落一样，设置了"水方""看守""发送""传达"等领导职务，在确保自己的秘密组织不被外界发现的同时，他们坚守着自己的信仰。从祖父到父亲，再从父亲到儿子，他们将祈祷代代传承，并在黑暗的储藏室里供奉起他们信仰的神像。我望向半山腰，在心里将那个孤立的部落描绘成某种荒凉的所在。当然，我所站的地方其实不可能看到他们。

"老师，您怎么会对那些乖僻的人感兴趣啊？"

中村相当费解地问我，我随口敷衍了他。

秋高气爽的一天，我带着菊花去扫墓。母亲的墓位于府中市[1]的天主教墓地。从学生时代起，通往墓地的那条路，我已不知走过多少遍。从前，路两旁都是混杂着栗子树、日本七叶树的树林与麦田，到了春天，那里就成了一条相当适宜散步的路。可是现如今，那里被改造成笔直的公交车道，路两旁也变成了成排的商店。当年墓地前那座孤零零的石头小屋，现在也变成了正经的二层建筑。每次来这里，回忆就会一一涌现。大学毕业的那天，乘船去法国留学的前一天，我都来过这里。因病返回日本的第二天，我最先探访的地方也是这里。结婚时，住院时，我都来过这里。直到现在，我仍会背着妻子独自来这

1　府中市：日本东京都的下辖市。

儿看看，因为这里是我不想告诉任何人，仅属于我跟母亲的交谈地点。在内心深处，我不允许任何人轻易闯入这里，即使是和我关系亲近的人。穿过小径，墓地正中央的圣母像映入眼帘，圣母像周围排列整齐的一圈墓碑，属于死在日本的修女们。以此为中心，白色十字架和石碑依次排开。所有的墓碑都笼罩在温暖的阳光与寂静的气氛之中。

母亲的墓很小。每每看到那小小的墓石，我就感到痛心。我独自拔着墓碑周围的杂草，一只小虫嗡嗡嗡嗡地在我身边飞来飞去。除了它的振翅声，这里安静得没有一点声响。

我用长柄勺子往墓碑上浇着水，和每次来扫墓时一样，我又回想起母亲走的那一天。于我而言，那是一段痛苦的回忆。母亲因心脏病发作，倒在走廊里咽下最后一口气的时候，我不在她身边。当时我正在田村家里，做着母亲看到定会落泪的事情。

那天，田村从他的书桌抽屉里取出一个报纸包裹，看样子像是一沓明信片。当他准备悄悄告诉我那是什么时，他的脸上又露出平时常见的那种冷笑。

"这个，跟一般商店里卖的可不一样。"

报纸里包的是十几张照片。像是冲洗不当的缘故，照片边缘已经变成黄色。暗影之中，男人黝黑的身体和女人雪白的胴体交叠在一起。女人眉头紧皱，看起来似乎十分痛苦。我叹了口气，一张接一张地反复欣赏起那些照片。

"助平，别看了。"

不知何处响起了电话声，有人出来接电话，接着是向我们这里跑来的脚步声。田村匆忙将照片扔回抽屉。这时，一个女声叫起我的名字。

"快，快回家吧，你妈妈好像病倒了。"[1]

"怎么了……"

"怎么会啊，"我的目光还停留在抽屉上，"怎么会知道我在这里呢？"

比起母亲病倒，为什么打电话的人知道我在这里的疑问更令我感到不安。因为得知田村的父亲是开妓院的之后，母亲一直禁止我来这里。再者，母亲最近经常因为心脏病发作而倒下，这并不算什么稀奇事。每次病发，只要吃一颗医生给的，我忘了名字的那种白色药丸，病情就能得到缓解。

外面的太阳依然刺眼，我慢吞吞地顺着近道往家走去。荒草丛生的空地上堆放着生锈的废铁，旁边是一座小工厂，工厂里的人不知在敲打什么东西，传出沉闷、厚重、有规律的声响。对面来了一个骑自行车的男人，他在那块满是灰尘、杂草丛生的空地旁停下车，站着开始小便。

1　此处为关西方言。——编者注

已经看得到家了。我房间的窗户一如平常地半敞着。家门外，附近的孩子们正在玩耍。一切都和平时一样，不像是出了什么事。然而，教堂的神父正站在我家门口。

"你的母亲……刚刚，过世了。"

他一个词一个词地平静地说着。连我这个愚蠢的中学生都听得出来，他在努力控制自己的情绪。连我这个愚蠢的中学生都听得出来，他的声音里充满了嘲讽。

最里面的八叠大小的房间里躺着母亲的遗体，附近的邻居和教堂的信徒们正围绕着她，背朝我而坐。没有一个人回头看我，也没有人跟我说话。我看得出，他们每一个人僵硬的背影都是对我的谴责。

母亲的脸变得像牛奶一样白。眉宇之间，痛苦的阴影尚未退去。就在这时，我竟然极不严肃地回想起刚才那张昏暗照片里的女人的神情。我终于意识到自己的所作所为是何其荒唐，我哭了。

把桶里的水浇完，又把带来的菊花插进墓石旁的花瓶里后，刚才在我脸边飞来飞去的那只小虫，落到了菊花上。埋葬母亲的土是武藏野特有的黑土，总有一天，我也会被埋在这儿，又像少年时代那样，和母亲两个人居住在这里吧。

中村问我为什么会对地下教徒感兴趣，我敷衍地回答了他。

最近，对地下教徒感兴趣的人越来越多。对于研究比较宗教学的专家们来说，这个被称作"黑教"的宗教是绝佳的研究素材。NHK电视台曾多次报道过五岛、生月的地下教徒，我认识的很多外国神父也是一来到长崎就会去拜访地下教徒。不过，我之所以会对那群人感兴趣，理由只有一个，他们是弃教者的后代。而且，这些人和他们的祖先一样，非但无法彻底弃教，还要终其一生活在伪装之下，在后悔、屈辱与沉重的内疚中活着。

自从写过以禁教时代为背景的小说之后，我就渐渐关注起这些弃教者的后代。这些人一辈子都不得不过着对世人撒谎，决不能向任何人表露真心的双重人生，在他们身上，有时我仿佛看到了自己。我心里也藏着一个从没对任何人说起，恐怕到死也决不会说出口的秘密。

当晚，我和神父、次郎及助手中村一起去喝酒。为我准备午饭的那位修女大姆端来满满一大盘的生海胆和鲍鱼。当地产的土酒太甜，让平时只喝辣酒的我颇感遗憾，好在那些生海胆意外地新鲜，比在长崎吃到的还要可口。方才停了的雨又下起来了。喝醉的次郎唱起了歌：

走走　　去看一看吧　　去看一看吧

去天国的教堂　　去看一看吧

走走

那是　天国的教堂啊

那是　宽敞的教堂啊

宽敞或是狭小啊　都在我的心里[1]

这首歌我听过。两年前去平户[2]时，那里的信徒曾教过我。不过因为节奏太难把握，我没能记住这首歌，但是此时此刻，听着次郎那莫名哀伤的歌声，我的眼前浮现出地下教徒们的阴郁面容。颧骨凸出、眼窝凹陷，怔怔地盯着一个点的面容。在漫长的锁国期间，他们等待着不可能到来的传教士的船，或许就会悄悄唱起这首歌吧。

"不动山高石家的牛死啦，那可都是好牛啊。"

和在东京聚会上初见时不同，此时，神父只喝了一合[3]酒，脖子就红到发黑，跟中村聊得起劲。通过今天这一整天的时间，神父和次郎似乎放下了对我的戒备心。和东京那些装腔作势的司祭不同，我对眼前的这位农民司祭渐生好感。

"不动山那边也有地下教徒吗？"

"没有，那边全是我们的信徒。"

1　歌曲名为《天堂圣殿》（パライゾの寺，*Temple of Paradise*），歌词为九州方言。

2　平户：位于日本长崎县西北部的城市。

3　合：容量单位，1 合约等于 180 毫升。

神父略显自信地答道。次郎和中村也神情郑重地点了点头。从早晨开始我就注意到了，这些人好像都对地下教徒心怀蔑视。

"这也没办法，他们不跟外人来往。那群家伙，打个比方吧，就像个结社。"

在五岛和生月，那里的地下教徒已经不像这座岛上的这么闭塞。在这里，就连信徒们都对那些人的秘密主义充满戒备。不过，其实次郎和中村的祖先里也有地下教徒，那两个人没有意识到这一点，多少让我感到奇怪。

"他们到底在拜什么呀？"

"拜什么？那个啊，已经不是真正的基督教了。"神父苦恼地叹了一口气，"就是一种迷信。"

我又听到一件有趣的事。在这座岛上，天主教徒会在阳历日期庆贺圣诞节和复活节，与之相对，地下教徒们则在对应的阴历日子里悄悄庆祝相同的节日。

"之前啊，他们跑到山上去，偷偷摸摸地聚到一起。后来我才知道，那是地下教徒在庆祝复活节呢。"

中村和次郎离开后，我也回了房间。大概是酒喝多了的缘故，我感觉头脑发热，推开窗子，敲击太鼓似的海浪声随即传入耳畔。夜色深沉无垠，海浪声又让夜色与寂静显得更加浓厚。我看过很多地方的夜，唯有这里的夜深邃得不同寻常。

在悠长的岁月里，住在这座岛上的地下教徒们，就是夜夜听着这样的海浪声，一想到这些我就感慨万千。因为肉体上的脆弱和对死亡的恐惧，他们的祖先放弃信仰，让他们成了弃教者的后代。在官吏与佛教徒的蔑视下，地下教徒们移居到了五岛、生月和这座岛上。然而，他们无法舍弃祖先传下来的教义，又缺乏殉教者那种毅然决然表明自己信仰的勇气。地下教徒就是在不断咀嚼着这种羞耻的同时，一直活到了现在。

颧骨凸出、眼窝凹陷，总是怔怔地盯着一个点，这种本地特有的相貌，正是在他们代代相传的羞耻中日渐成型。昨天，跟我乘坐同一趟渡船的四五个男人，还有次郎和中村，他们都有着相同的一张脸。而且在那些脸上，偶尔还会闪过狡猾与怯懦混杂的神情。

五岛、生月，以及这座岛上的地下教徒组织之间，多少存在些差异，不过担任司祭一职的都是"看守"或是"爷爷"，信徒们从"爷爷"那里继承珍贵的祈祷文，学习了解重要的节日庆典。负责给刚刚降生的孩子施洗的人叫作"水方"。有些地区的部落里，"爷爷"还会兼任"水方"。在大多数地区，这些职务都采用世袭制来确保代代传承。我在生月还见过将五户人家编为一组进行管理的部落。

在官吏面前，地下教徒们自然要伪装成佛教徒。他们要去寺庙登记，并在宗门账[1]上以佛教徒的身份被记录下姓名。某一个时期，他们还要像祖先那样，必须当着官吏的面踩踏圣像。到了踩踏圣像的日子，他们体味着自己的怯懦与悲惨回到部落，用一种由细绳扭成的名叫 otenpencia 的绳子鞭打自己的身体。Otenpencia 是他们对葡萄牙语单词 "penitencia" 的误用，这个词好像原本就有 "鞭子" 的意思。在东京的一位研究天主教徒的学者家中，我曾见过那种鞭子。那是由 46 根绳子拧成的鞭子，我试着用它打了一下自己的胳膊，相当疼。地下教徒们就是用这种鞭子抽打自己的身体。

可是，这种惩罚并不能消除他们心中的内疚。背叛者的屈辱和不安是不可能消失的。殉教的伙伴、斥责自己的传教士，正从远处严厉地凝视着他们。那种责难的眼神，是他们再怎么努力都无法从心里驱逐出去的东西。因此，和现如今基督教公祷书[2]里翻译腔的祷告词不同，他们的祈祷里满是絮絮叨叨的哀伤词汇，以及祈求宽恕的话语。不识字的地下教徒们含含糊糊地逐字默念着祈祷，那一字一句都源自他们心中的羞耻。"天主圣母啊，圣母玛利亚，我们，这是，临终时，为我等罪人，

---

1 宗门账：日本德川幕府为禁止基督教而设立了宗教调查制度，在此基础上制定的账簿就是宗门账。宗门账同时具有户籍簿的作用。

2 公祷书：祈祷用书。公祷书不是《圣经》，而是帮助信徒使用和理解《圣经》的方法之一。

请为我们祈求。""在这流泪谷，呻吟、哭泣，我们向您奉上祈求。我们请求您，请您怜悯的目光看看我们吧。"

聆听着夜色中喧嚣的海浪声，我想象着地下教徒们在干完农活，捕鱼归来之后，用嘶哑的声音默诵那些祈祷文时的身影。他们只会祈求圣母为自己说情，让天主原谅他们的懦弱。因为对地下教徒而言，天主宛如一位严厉的父亲，就像孩子求母亲帮自己在父亲面前说情一样，地下教徒祈求圣母玛利亚为他们在天主面前求情。我想，地下教徒对圣母玛利亚的坚定信仰，对玛利亚观音像的特意敬拜，一定就是出于这一原因。

躺下后我迟迟睡不着。在单薄的被褥里，我用很小的声音，试图回忆起刚才次郎教我的那首歌，可惜怎么也想不起来了。

我做了一个梦，在梦里，我好像刚做完胸部手术被推回病房，我像一具尸体似的被扔到床上。鼻孔里插着氧气管，右手和双脚上还扎着针，连接着固定在病床上的输血瓶。我的意识分明还没有完全清醒，可我却知道握着我手的那个灰色身影是谁。是母亲，除她之外，医生和我的妻子都不在病房里。

母亲不只出现在我的梦里。日暮时分，当我走在天桥上，漫天的云彩之间，我不经意地看到了她的脸庞。在酒馆里和女人们聊天时，当话题中断，莫名的虚无感掠过我的心头，突然间，我觉得母亲就在身旁。当我弯着腰工作到深夜时，也会忽然感觉母亲就在我身后，她好像正从后边探过身子，想看看我在写些什么。工作期间，我绝对不允许孩子，甚至是妻子进入书房，但是在那种时刻，我却意外地并不觉得母亲的存在是种打扰，也不会为此而气愤焦躁。

那些瞬间里的母亲，并不是从前为了追寻一个音节而无休止地演奏小提琴的拼命姿态，也不是在只有乘务员的阪急电车始发车上，坐在角落里默默拨动念珠的身影。而是将双手在胸前合十，以略带哀伤的目光从身后注视着我的母亲。

就像在贝壳里一点一点成型的透明珍珠，不知不觉间，是我自己在心里为母亲塑造出这样一种形象。因为在现实记忆中，母亲几乎从未用那样哀伤而疲倦的目光注视过我。

她为什么会出现，我现在终于明白了。母亲从前有一尊悲悼圣母像，我是将圣母哀伤的面容和母亲重叠在了一起。

母亲过世后，她的个人物品、和服和腰带就一个接一个地被拿走了。姨妈、舅母们以分配遗物的名义，当着我这个中学生的面，像在商场里挑拣商品似的翻起了衣柜抽屉，可是对于母亲最珍惜的那把旧小提琴，使用多年已经被翻烂的公祷书，还有铜丝快要断掉的念珠，她们却看也不看一眼。她们不要的物件里，就有那尊所有教会都在售卖的廉价圣母像。

母亲死后，每一次搬家，我都会把她珍视的那些物品装箱带走。没过多久，小提琴的琴弦就断了，面板上还出现了裂纹。公祷书则是掉了封皮。而那尊圣母像，也在昭和二十年[1]冬天的一次空袭中被烧毁了。

空袭次日早晨的天空一片湛蓝，从四谷[2]到新宿，到处都是被烧成褐色的废墟，仍在冒烟的余烬随处可见。在四谷的寄宿地，我蹲在地上，用一块碎木片在灰烬里翻找，挖出了饭碗的碎片和仅剩下几页的辞典残骸。挖着挖着，我碰到一个坚硬的东西。我将手伸进尚留余温的灰烬里，只摸出圣母像的上半截。石膏已经完全变色，雕像本就不算漂亮的脸变得更丑了。经年累月，如今，她的五官变得越发模糊。结婚后，妻子曾用黏合剂把碎掉的部分粘起来，圣母的表情却更加模糊难辨了。

住院期间，我也把那尊圣母像带到了病房。手术失败后的第二年，我在经济上和精神上都陷入绝境，医生基本放弃了我，我的工作收入也断了。

夜晚，在昏暗的灯光下，我常常躺在床上望着圣母。不知为何，她充满哀伤的脸好像正目不转睛地盯着我。那和我至今看过的西洋绘画、雕塑中的圣母形象完全不同。在经历过空袭和漫长的岁月之后，圣母像的脸上生出裂纹，也没了鼻子，却

1　昭和二十年：1945 年。
2　四谷：位于日本东京都新宿区。

始终没有丢失那份哀伤。我去法国留学期间，看过很多悲悼圣母的雕像与画作，对比之下越发清楚，母亲这件遗物，早就被空袭和岁月消磨掉原型的面影，空留下了悲伤。

或许在无意之中，我将那尊圣母像和出现在我面前的母亲的表情融为一体了。有时我觉得，那尊悲悼圣母像的面容看起来和母亲离世时的样子很相似。她躺在被褥上，眉心处的痛苦阴影久久不散，她当时的面目我至今记忆犹新。

我很少跟妻子提及母亲出现在我面前的事。因为有那么一次，当我跟她说起时，她的嘴上虽有回应，脸上却明显露出了不快的神色。

浓雾弥漫。

从浓雾深处传来乌鸦的叫声，看来终于要到部落了。对于肺活量不足的我来说，这一路走得着实艰难。山路太陡，次郎借给我的长靴踩在黏土路上又太滑，真是叫人吃不消。

这已经很不错了。中村却辩解道。据他说，虽然今天有雾看不见，可从前只有南边一条山路可走，想去部落需要花上半天的时间。住在那种隐蔽的地方，也是地下教徒为了躲过官吏的眼睛而想出的对策。

路两边渐渐出现了田地，树木的黑影在浓雾之中若隐若现，乌鸦的叫声变得更加刺耳了。我想起昨天去过的岩岛，那里也有成群的乌鸦在山顶盘旋。

田里有两个似是母子的人在干活，中村向他们打招呼，只见那女人摘下头巾，礼貌地鞠了一躬。

"川原菊市的家，就在这下边吧？之前跟他说过的，东京的那位老师来了。"

那孩子好奇地盯着我，然而被母亲斥责过后，他就跑到田里去了。

中村想得周到，提前在村里买了酒做见面礼，一路上都是次郎帮忙拿着，我接过一升装的酒瓶，跟在他们两人身后进了部落。部落里，有收音机在播放流行歌曲。有些人家的仓库里还停放着摩托车。

"年轻人都从这里出去了。"

"是去村子里了吗？"

"不，去佐世保、平户的人比较多。毕竟留在岛上，一说是地下教徒的后代，不好找活儿干啊。"

乌鸦一直跟着我们。这会儿它们又停在茅草屋顶上叫个不停，仿佛是在警告这里的人，有外人进来了。

川原菊市的家比其他人家略宽敞些，屋顶也是瓦顶，屋后还有一棵高大的樟树。单是看他的家，我马上明白了这位菊市就是"爷爷"，也就是说他在担任司祭一职。

中村让我在外面等着，自己则进去与川原家的人交涉。刚才见过的那个孩子，正把手插在滑下一截的裤子里，站在不远处看着我们。仔细一瞧才发现，那孩子竟然打着赤脚，脚上沾满了泥。乌鸦又叫起来了。

"好像不太想见咱们啊。"我对次郎说。

他随即安慰我："怎么会呢，中村去说说就没问题的。"

交涉终于结束，我们先走进土间[1]，只见昏暗的角落里，一个女人正一动不动地凝视着我们。我把酒递上前去，对方却没有回应。

屋子里格外阴暗。虽然也有天气的原因，可即便是晴天，这里似乎也亮堂不到哪儿去。此外，我还闻到一种独特的气味。

川原菊市是一位六十岁左右的长者，回答我的问题时，他并不直视我，而是一直用胆怯的目光盯着别处。他的回答也很简短，像是盼着我们尽快离开。每当对话中断时，我都会把视线移向房间内的陈设，甚至包括土间里的石臼、草席和稻草捆。我是在找"爷爷"的权杖，以及藏匿储藏室神像的地方。

权杖是仅属于"爷爷"的所有物，举行洗礼仪式时用橡树

1　土间：在日本的传统民宅建筑中，生活起居空间一般分成两个部分，高于地面并铺设木板的房间，以及与地面同高的素土地面房间，即土间。从前的土间也被当作工作场所，相当宽敞，而现代民宅的土间面积大为缩小，成为单纯用来脱放鞋子的地方。

枝手杖，为新家做祓除时则用茱萸手杖，竹子是决不能用的。这都是为了模仿天主教兴盛时代的司祭所使用的教杖。

我仔细看遍了所有角落，都没有找出权杖和储藏室神像的藏匿之处。我终于听到了菊市他们代代传承的祈祷文，只是那些祈祷文和其他地下教徒的完全一样，充满了絮絮叨叨的哀伤词汇和祈求宽恕的话语。

"在这流泪谷，呻吟、哭泣，我们向您奉上祈求。"菊市的目光盯住某个点，依循着某种音调，轻声念诵，"我们请求您，请您怜悯的目光看看我们吧。"那调子和昨晚次郎唱的歌很相似，用词不甚讲究，仿佛在向谁诉说着些什么。

"在这流泪谷，呻吟、哭泣……"

我也重复着菊市口中的词句，试图记住那段曲调。

"我们向您奉上祈求。"

"我们向您奉上祈求。"

"请您怜悯的目光……"

"请您怜悯的目光……"

我的眼前浮现出这样的情景：每年一次，地下教徒会被迫进行踏绘，并去寺庙拜佛，当他们夜晚回到部落里，就会在这个昏暗的家里念诵起那些祈祷文。"我们请求您，请您怜悯的目光……"

乌鸦还在叫。我们沉默着，望向弥漫至檐廊外的一片浓雾。外面好像起风了，乳白色的雾越流越急。

"储藏室神像……能让我们看看吗？"

我支支吾吾地请求道。然而菊市的目光一直盯着别处，没有回应我。储藏室神像并不是天主教术语，顾名思义，就是指被供奉在储藏室里的神像。地下教徒将自己祈祷的对象藏在最掩人耳目的储藏室里，对外称呼其为储藏室神像，以此瞒过官吏的眼睛。然而，即便到了信仰自由得到认可的今天，地下教徒们也不想把储藏室神像本尊展示给异教徒看。因为很多人相信，神像若是被异教徒看到，就会遭到玷污。

"不管怎么说，老师可是从东京大老远来的，就给他看看吧。"

听到中村略显强硬的拜托，菊市终于站起了身。

我们跟在他身后走过土间，刚刚那个昏暗角落里的女人又用异样的眼神注视着我们。

"请小心。"

穿过一道弯下腰才过得去的小门进入储藏室时，次郎从身后提醒我。这里比土间更加幽暗，空气中飘荡着稻草和土豆的味道，我们正对面是一个摆放着蜡烛的小佛龛，想必是用来伪装的吧。菊市朝左边看去，循着他的视线能看到两道浅黄色的帘子，挂在进门时很难马上发现的位置。架子上放着年糕和一只白色酒壶，里面是供神用的酒。菊市用他那双布满皱纹的手慢慢掀开帘子，赭黄色挂轴的一角逐渐显现在眼前。"是画啊。"我身后的次郎长叹一声。

那是一幅圣母抱子像。不，其实是一幅农妇抱着喝奶婴孩的画。画面中孩子的衣服是淡蓝色，农妇的衣服则是赭黄色，从那幼稚的配色和图案不难看出，那是这里的某位地下教徒在很久很久以前画的。农妇赤裸着上身，露出乳房，她的腰带结系在身前，给人一种田间工作服的感觉。她的长相在这座岛上随处可见，那是一边给孩子喂奶，一边耕田或是修补渔网的母亲的脸。忽然之间，我想起刚才那位摘下头巾，向中村鞠躬行礼的母亲的脸。次郎面露苦笑，中村脸上看似严肃，心里想必已经笑出声了吧。

尽管如此，看着那张由笨拙的手绘制的母亲的脸，我却久久移不开目光。他们就是面朝这幅母亲的画，将粗大的双手十指交握，默念着祈求宽恕的祈祷文。我不禁感慨，他们的想法又和我一样啊。很久以前，传教士们带着天父上帝的教义，穿越万里波涛来到日本，后来传教士们被驱逐出境，教堂也被摧毁，在漫长的岁月里，不知不觉间，日本的地下教徒们彻底舍弃了未能掌握的天父的教义，将自己的信仰转变为最能凸显日本宗教本质的东西——对母亲的思慕之情。这时，我想起了自己的母亲，她又化身一团灰色的阴影站到我的身旁。那不是她拉小提琴的身影，也不是拨动念珠祈祷的模样，而是双手在胸前紧握，目光略带哀伤地站着凝望我的形象。

离开部落后，浓雾散开，幽黑至极的大海出现在眼前。今天的海面似乎也是狂风呼啸，从这里看不到昨天去过的岩岛。山谷里的雾格外浓重，缥缈的树影间回荡着乌鸦的叫声。"在这流泪谷……我们请求您，请您怜悯的目光……"我在心里默念起刚才菊市教我的祈祷文，那是地下教徒们代代传承念诵的祈祷文。

"真够蠢的，让咱们看那种东西，老师您也很失望吧。"

离开部落时，次郎不停地向我道歉，仿佛那全是他的责任。助手中村拿着路上捡的树枝做手杖，一言不发地走在我们前面。他的背影僵硬，让人猜不透正在想些什么。

初恋

我的初恋发生在小学三年级。那已经是四十五年前的事了，不过我还清楚地记得那个女孩的名字——早川惠美子。我们同一年级，但是不同班。

在三年级的那一天到来之前，我从来没有留意过她，甚至不知道有这么一个人的存在。但是在那一天，我认识了她，并被她给镇住了。

那是文艺汇演排练的第一天。那一年，三年级决定表演《青鸟》[1]，每个班里会选出五个同学参演，其中就有我，我得意极了。得知这个消息后，我从学校飞奔回家，还没平复呼吸，一推开家门，就大喊起来：

"我要参加文艺汇演啦！文艺汇演！"

"哎哟，你吗？"

正在练习小提琴的母亲惊讶地问道。和年长两岁的哥哥不

---

1 《青鸟》：比利时剧作家莫里斯·梅特林克创作的童话剧，讲述了蒂蒂尔和米蒂尔兄妹俩为生病的邻家女孩寻找象征幸福的青鸟的故事。

同，我的学习成绩不好，运动神经也很差，文艺汇演也至今从没被选上过。

"要演什么角色呢？"

"面包。"

"《青鸟》里有面包吗？有多少台词呀？"

忽然，我不知所措地沉默了。确实，虽说是要饰演面包，但是一句台词都没有，只不过是在脖子上挂一块写着"面包"的纸板，站在舞台的角落里罢了。

得知详情后，母亲的脸上流露出了遗憾。但是，她重振起精神，像要安慰我似的很不自然地说：

"不过五个人里就有你一个，真不错啊。"

排练的第一天，饰演蒂蒂尔的男同学和饰演米蒂尔的早川惠美子，在音乐老师的指导下又是唱歌又是跳舞，我们这些次要角色则站在一旁，一声不吭地看着。我就是从这时起，知道了她的存在。

我……那一刻我真的像被雷劈中了似的惊讶极了，只顾着震惊感叹，痴痴地望着她一个人。九岁之前，我从不知道这世上还有如此可爱、如此美丽的女孩。她一唱歌，我就全身发热，她一跳舞，我就惊讶地张大了嘴巴。排练结束，大家一起走过空荡荡的走廊准备回家时，我忽然决定要跟踪她。

忘了说了，当时我生活在大连。就是中国的那座槐花之城，大连。我就读的小学叫作大广场小学。

穿过学校旁的大广场，早川惠美子和一个女同学朝着通向"满铁"医院的坡道走去。幸好我的家也在医院旁边。走到坡道最高处后，她和朋友挥手道别，伴随着红色书包哐当哐当的声响，跑进一座砖造房子里去了。啊，这就是她的家啊，我心想。不过我并不知道她有没有发现我在跟踪她。

回到家时，五年级的哥哥正一个人在院子里玩球。我找用人要了点心，边吃边看哥哥把球弹到院墙上玩，就在这时，母亲走过来对我说：

"阿周，能帮我跑个腿吗？"

家里做了牡丹饼[1]，母亲装好一食盒，想让我送到她附近的朋友家去。

"记得一定要把包袱皮带回来哦。"

没办法，我抱着食盒出了门。走在路上，我脑海里想的全是早川惠美子。我琢磨着得想法子认识她，真想跟她一起玩儿啊。

到了母亲的朋友家，我送上食盒，带走了包袱皮。之后，我把包袱皮放在头顶，又戴上学生帽，这样一来就不会弄丢了。我又开始想早川惠美子，回忆起她跳舞时的样子。

1　牡丹饼：日式点心，是一种表面裹着红豆沙的糯米饼，通常于春分这一天食用。

回家路上，一位相识的阿姨从对面的人行道走来。"您好。"我摘下帽子向她行礼，然后就回家了。"包袱皮呢？"母亲问我，我往帽子里瞅瞅，不在。"啊！"我这才想起来，肯定是刚才摘下帽子低头行礼的时候，把包袱皮给弄掉了。都怪我光顾着想早川惠美子，没发现掉了东西。我赶忙跑出去找，可是哪儿都找不到，大概是被别人捡走了吧。

上学变成一件痛苦的事。每当我在走廊上看见她，总是会莫名其妙地躲到教室里去。看到她在操场上跳绳，我不敢靠近，只能像个笨蛋似的远远地偷看她。尽管如此，文艺汇演排练一结束，我还是会脚步沉重地跟在她身后，一直目送她回到家里。终于，我再也无法忍受这种情感，向母亲说出了自己的心事。

"阿周呀，"母亲觉得有趣，还把这件事说给她的朋友听，"喜欢上这次一起参加文艺汇演的女孩子啦。"

文艺汇演当天，母亲和那位朋友一起来到学校。老师把写着大大的"面包"的纸板挂在我脖子上，我像根木棍似的立在舞台角落，早川惠美子则和那个饰演蒂蒂尔的优等生又是唱歌又是跳舞。

让我感到受伤的并不是无法跟早川惠美子演对手戏，而是文艺汇演结束，回到家以后，正在客厅里和一起看演出的朋友闲聊的母亲一看到我就说：

"哎哟，哎哟，你喜欢的女孩，也不怎么可爱嘛。"

母亲的朋友也跟着捧腹大笑。对她们而言，那可能只是不值一提的玩笑，可我的心却被深深刺痛了。我下定决心，再也不跟母亲说早川惠美子的事了。

听我祖露心扉的只有同班的横沟元辅和家里养的叫小黑的狗。大家都喜欢管横沟元辅叫小元，他留过一次级，因此成了我的同班同学。他的个性老实温和，但是学习成绩比我还差。小黑是一只蒙古细犬，它从小就来到我们家，是我最忠实的玩伴。小元听说我喜欢早川惠美子时，流露出渺远的眼神，一句话也没说，他似乎不太理解我的心情。

小元知道我的秘密之后，每次我跟踪早川惠美子时，他也会跟着一起来。他并不是对我的初恋感兴趣，只不过是因为每天放学后，我们俩都会一起玩耍。其他孩子似乎不太喜欢跟他一起玩。

早川惠美子和朋友一起爬上通往"满铁"医院的坡道，道路两旁的洋槐花随风摇曳，飞入空中。爬上那条日本人街区的坡道后，她们俩便互相道别，一左一右分头回家了。我和小元继续悄悄跟在早川身后，走了一百米左右。

大概就是这一次，早川惠美子终于发现了我们在跟踪她。因为她和朋友时不时地就转过头来看我们，并且很不高兴似的加快了脚步，等到只剩她一个人的时候，她跑了起来，直到身影消失在那座红砖房子里。

被她讨厌了的消极预感和没有被讨厌的乐观预测，这两种矛盾的心情折磨着我。九岁孩子的初恋和大人的恋爱并没有什么不同，会产生相同的苦恼，也会发出深深的叹息。我终于下定决心要去跟她说话。一天，在洋槐花飞舞的坡道上，我和小元齐声大喊：

"什么呀，有什么了不起的，不就是演了个米蒂尔嘛。"

那是我的爱之宣言。面朝走在百米之外的她，我说了言不由衷的假话，只为了能吸引她的注意。

"什么呀。"小元学着我的样子，用更大的声音喊道。

"有什么了不起的，不就是演了个米蒂尔嘛。"

早川惠美子跑了起来，背后的红书包随之晃荡。她没有察觉到我的真心，而是误以为自己被两个爱搞恶作剧的男孩追赶捉弄。

"什么呀，什么呀。"

我自暴自弃地猛踢一脚石子。小元也学我踢了一脚。

"什么呀，什么呀。"

从第二天起，早川惠美子和她的朋友开始完全无视我们的存在，她甚至不再回头看我。我难堪极了，捡起小石子朝她们扔去。小元则捡起更大的石头扔了过去。我丝毫没有要欺负她的意思，只是，她根本不理解我的心意，这让我很伤心，因此才会做出那样的事。

又过了两三天，放学后，我和小元被酒井老师叫去办公室。他命令我们站在他面前。

"你们俩，朝女同学扔石子了吧。"

身穿黑色立领制服的中年老师端着茶杯，厉声说道。

"都三年级了，为什么要做那种事？"

和平时一样，小元用沾着鼻涕的校服衣袖遮住脸，哭了起来，我则一声不吭地低下了头。

从那时起，我开始学坏了。说来惭愧，我偷了母亲的一件首饰，带到附近中国人开的杂货店去卖。当时怎么会想出这种坏点子，我到现在都说不明白。

杂货店的中国老板给了我五十分钱，我用其中一部分钱买了点心，和小元一起吃了。

剩下的钱该藏到哪儿呢，我没了主意。和其他孩子一样，大人不允许我自己买零食吃，每次要买少年杂志和铅笔的时候，母亲会专门给我钱，因此，如果我口袋里有来路不明的硬币，肯定会被母亲追问。

我家门前有一棵洋槐树，哥哥他们总是在那棵树边玩棒球。我和小元在那棵褐色的树下挖了个坑，把零钱埋在了那里。每次放学回家，我们俩就从里面挖出十分钱来买零食吃。

这一次的偷钱和秘密埋钱行动，是我对母亲的第一次背叛。"因为妈妈和老师都不理解我的感受，所以我才会做这种事。"我这样劝说自己。

我不再跟踪早川惠美子了，但这绝不代表我对她的感情结束了。

学校开运动会时，体育垫底的我和小元坐在场下，用充满恶意的目光看着身穿黑色体操短裤、头系红色扎头带的早川惠美子参加接力赛。她用右手接过接力棒，像只小鹿似的在其他选手中穿行而过。她已经是我无法企及的女孩了。正因为无法企及，我才朝地面啐了一口：

"有什么了不起的。"

小元也学着我的样子，说了同样的话：

"有什么了不起的。"

在众多女生的簇拥下，她满脸通红地回到学生座席。我则挖苦班里输了的女同学：

"你也太差劲了吧。"

那段时间，我的家里开始发生变化。父亲和母亲的关系因为某件事突然变差，有时，父亲甚至夜不归宿。

从前那个开朗快活，喜欢请朋友来家里做客的母亲，如今总是满脸阴郁地沉思苦想，我看着也觉得难受。每天放学回家时，从客厅里飘荡而出的母亲练习小提琴的声音也消失了，家里总是被沉寂的气氛笼罩着。

也许是为了逃避那种痛苦的氛围，比我年长两岁的哥哥总是坐在书桌前拼命学习。我不像哥哥那么爱学习，又不能把家里的事告诉小元，我真不知道这份悲伤该说给谁听，该如何排遣。这种时候，家里养的狗狗小黑成了我唯一的听众。

因为不想回到阴沉沉的家里，放学回家路上跟小元分别之后，我会尽量拖延回家的时间。我就靠踢小石子，在别人家的围墙上用粉笔胡乱涂写下"阴萎舔"，又或者是呆呆望着中国赶脚[1]的马匹来打发时间。"阴萎舔"是一个同学教我的词，把它倒过来读就成了我还理解不了的不雅用语。

走到家门口时，小黑正趴在余晖之中。它看着我，表情哀伤地冲我摇起尾巴。我只能跟它说说话。

"我，我真的，讨厌这样啊。"

小黑用悲伤的目光一动不动地看着我。我从书包里取出手工课上用的小刀，在家门前的洋槐树上刻下了几个字 —— 早川惠美子。

我只把这五个字刻出与自己悲伤同等的深度。那是任何人都不会察觉，任何人都不会懂，仅属于我的少年心绪。我不只是在那里刻下了我无法企及的女孩的名字，在那五个字的名字

1　赶脚：旧时中国的一种民间职业，指赶着驴、骡子或马供人乘骑的活计。

里，我挥动的小刀里，还承载着一个父母即将离异的孩子的忧愁，以及大人无法理解的孩子的躁动。

四十五年的时光匆匆流逝。那之后的一年，也就是我升上小学四年级的那一年，母亲带着哥哥和我回到日本。她决定和父亲分居了。

往后的很长一段时间里，我再也没见过大连的同学和老师，也不知道小元后来过得怎么样。还有那只狗小黑，大连一别后，我再也没有见过它。战争将我们彼此分离，杳无音信。

五年前，我意外地收到大连的小学同学寄来的印刷好的明信片，上面写的是校友聚会的计划。

聚会在东京的一家大型中华餐馆举行，我见到许多面目陌生的中年男女，借助别在胸前的姓名牌，我回想起几个人年幼时的模样。我跟他们用力地握手，感慨他们也同我一样，扛过了战争和战后的那段艰难时期。

"小元……横沟元辅的消息，有人知道吗？"

所有人都对我摇头，当年的班主任酒井老师早已过世，班里的同学只知道小元没上中学，去了面包店打工，至于后来的去向就不清楚了。据说他被征召入伍，不知道去了哪里。

"那么同学们，"组织聚会的干事用麦克风召集众人，"让我们通过幻灯片看看现在的大连吧。"

电灯熄灭，挂在墙面的白布上不知映出了谁的影子，笑声响起，随后，大广场和小学教学楼、运动场出现在墙上，一切还是从前的样子。

"我们的学校现在改名为旅大市[1]第六中学了。"

中国学生站在教学楼里、操场上，还有举手上数学课的光景也被放映了出来。

"不是有一个叫早川惠美子的女生嘛，她……"

我小声地向一位老同学打听道。就在我将那个名字说出口的瞬间，关掉电灯的会场里，我感觉自己的脸似乎变红了些。

"早川同学回日本了，结婚之后好像去世了。"

"去世了？"

"据说是嫁到了熊本县的乡下，得了结核病。"

"是吗……"我点点头。对我们这一代人来说，死亡并不算一件稀奇事，战争和战后期间，我不知失去了多少位旧相识。我已经快五十五岁了，昔日的悲伤早已变成日照远山般的怀念。

今年春天，没想到我受一家出版社的委托，有幸和一位作

1　旅大市：大连于 1950 年与旅顺市合并，更名为文中所说的旅大市，后又于 1981 年恢复旧名大连市。——日本新潮社编辑部注

家同行，乘外国游轮前往阔别四十五年的大连。不过，船只会在大连 —— 如今的旅大市停靠一天半的时间，我的工作是写一篇有关那里的通讯。我根本没有理由拒绝。

我们从香港乘上那艘外国游轮，第三天的早上，抵达了一如往日的大连港。日中旅行社派人来接我们，我们两个人坐上了上海牌轿车。

"您想先去哪里呢？"

年轻的中国翻译询问我们时，同行的友人作家说，想去他姐姐从前住过的地方看一看。而我自然是即刻回答，要去看看少年时代的家。

汽车从港口驶入和四十五年前并无两样的旅大市，我们穿过大广场，朝着从前"满铁"医院所在的方向，驶上了那段坡道。道路两旁的洋槐树、周围的砖造住宅都变老变旧了，不过，一切都还是从前的模样。

这条马路、这个街角，还有这户人家，我都清晰记得。我的家很快就近在眼前，房前有一群中国孩子正在玩耍。

"可以下车吗？"

"请，您请下车。"

同行的友人留在车上，我则背着相机，站到自己从前住过的家前面。一旁的孩子们好奇地望着我。这个家并不像长久以来我记忆中的那么大，围墙也很矮小，但那确实就是我住过的家。红色的屋顶和红砖围墙，我都还记着。屋前的那棵洋槐树也老了好多。

（老了啊，你也是，我也是。）

就像安慰一个老人那样，我抚摸着洋槐树干，自言自语道。尽管我老了，这棵树也老了，它却跟我不一样，这四十五年间，它一步也没有从这个地方离开过。你在这里度过了四十五年啊，我如此感慨，小学时与这棵树有关的回忆，走马灯似的一幕幕浮现在眼前。已经过世的哥哥和朋友们在这棵树下玩棒球的光景，小黑抬起一只脚撒尿的模样，以及母亲，还有早川惠美子。

我避开那位年轻翻译，以及在不远处注视着我的中国少年们的目光，寻找起刻在树干上的那五个字。不知为何，那些字已经消失不见了。但是抚摸着苍老黑树干的我的手指，却真真切切地感受到了那五个字……

归去来

阳光刺眼的夏日午后，我在府中的石材店里订购了新的墓石。

　　哥哥于半个月前过世，我要将他埋进母亲所在的府中市天主教墓地里。不过母亲的墓太小了，我想趁此机会重新定做墓石。

　　"那么，"身穿半袖衬衫的石材店老板挠着他粗壮的手臂，对我说，"需要把令堂的遗体再挖出来一次哦。"

　　三十多年前，母亲过世的时候，她所信仰的天主教还禁止火葬，因此母亲的遗体未经焚烧，被直接放入棺材，送至这个天主教墓地。那口棺材被小工放入他们挖好的黑暗土坑里，哥哥和我往棺材上添了土。当时我还是学生，哥哥也不富裕，所以我们只能定做一个小墓碑。今年，哥哥也去世了，他的遗属和我商议决定重建母亲的墓，并将哥哥的骨灰罐一并放入墓中。

　　"您说挖出来，那遗体要如何处理呢？"

　　"之前是土葬，所以现在需要先移交给警察，然后重新送去火葬场火化。在新墓地做好之前，还烦请您把令堂的骨灰先带回家里保管。"

真可怕。时隔三十多年，母亲的遗体将从地下重现。要看到只剩下骨头的母亲，让我感觉非常可怕。虽说这不是《圣经》中的拉撒路[1]复活，可我甚至开始想象，母亲将再次在阳光下站起身，像从前一样，对我迄今为止信仰缺失的人生大加指点、责难。

在炽热阳光的照射下，我带着些许畏缩的情绪回到了家。餐厅里，妻子和她的表姐正在吃西瓜。

"你瘦了呀。"

表姐无视妻子递给她的眼色，毫不客气地把我从头到脚打量了一遍，说出了她在意的地方。一旁的妻子赶忙转移话题。

"墓地的事，怎么样了？"

我小声告诉她，墓石订好了，不过还要把母亲的遗体再挖出来。

"必须再送去火葬场火化。"

"哎哟，天主教是土葬啊，我都不知道。"妻子的表姐略带鄙夷似的说，"为什么呀？"

---

1 拉撒路：《圣经·约翰福音》中记载的人物。拉撒路病死的四天后，耶稣来到他的坟墓前，让拉撒路复活，展现了耶稣的神迹。

"因为还会复活。不过现在也允许火葬了。"

一听到"复活"这个词，表姐用看假冒商品一般的眼神注视着我。如果母亲在这里，她一定会大讲特讲自己关于复活的信念吧。可我却做不到。

"那个，"妻子又换了话题，"姐姐说有事要拜托，她说想让你去偷狗。"

"偷狗？"我惊讶地反问，"我吗……"

"嗯，没错。"表姐看起来泰然自若，"是一条特别特别可怜的小狗呢。"

事情是这样的，表姐家附近住着一个死了老婆的泥瓦匠，他不仅爱撒酒疯，而且每天晚上都要打他老婆养的狗。小狗整天都被绳子拴着，泥瓦匠既不带它去散步，也不好好喂它饭吃。因此一到夜里，它总是不停地哀嚎，而它一叫就又会被打一顿。

"我看它实在太可怜了，还去喂过它两三次。那男人命令它学猫叫，叫不出就要挨打，这也太残忍了吧！"

"没人说过他吗？"

"说过呀，那个泥瓦匠，一有人说他，他就恐吓人家。"

"那为什么非要让我去偷呢？"

"因为，你们家去年，不是有条小狗死了嘛。狗屋还在，你们俩也都喜欢小狗。什么？我们家？不行不行。我们住得那么近，偷狗的事儿很快就会暴露的，而且我家还养着两只猫呢。"

她说得没错，我面前的庭院里还孤零零地摆放着一个狗屋。住在那里的老狗在十四岁的时候（狗的十四岁大概相当于人类的八十岁），因为衰老和丝虫病，在大波斯菊花丛里打盹的时候断了气。我将它埋在院子里，又买来白玉兰树苗种在上面。

"实在对不住……能不能拜托你们收养那条小狗，就让它住在那个狗屋里。"

坐在餐厅里的表姐将视线移向油漆剥落的狗屋，这一次，她的语气恭敬了许多。我在心里想，母亲要是在这儿，一定会明确拒绝，告诉她不能养就是不能养吧。

"可是，去偷狗……"

"没关系，我和附近的一个太太会负责把它偷出来，你们只要开车把它带回来就行了。"

"要是被发现了，怎么办？"

"不会被发现的。"

最终，出于我的心软和强烈的好奇心，我和妻子算是被迫答应了表姐的强硬提议。

"就当是为了哥哥祈冥福，咱们去救那条小狗吧。"

像是为自己辩解似的，我对妻子这样说。但是，为了给身为天主教徒的哥哥祈冥福而去偷别人家的狗，这似乎又充满了矛盾。

三四天之后的晚上，表姐打来电话，说要在今晚实施行动。晚饭过后，妻子负责开车，我们驶上高速公路，朝着四十分钟路程之外的伊势原[1]进发。丈夫过世后，表姐依然住在伊势原，现在正在当茶道老师。我在车里铺好一大片报纸，以防小狗呕吐，另外还准备了一大块包袱皮、狗粮和口袋威士忌。口袋威士忌是为了给我自己壮胆用的，那一大块包袱皮则是为了偷狗行动败露时，可以用它来蒙住小狗。

"挖母亲遗体的时候……"汽车行驶在东名高速公路上时，我看着妻子开车的背影，开口说道，"到时候，我是不是在旁边监督比较好？"

妻子沉默片刻，她没回答我的问题，只是静静地说了这么一句：

"你会怕吧。"

怕确实是会怕，但不止如此，我总觉得，亲眼看见已经变成白骨的母亲，是对她的一种亵渎。我想母亲也不愿以那么露骨的姿态出现在自己儿子的面前吧。

"要不，我也去？"

---

1 伊势原：位于日本神奈川县中心的城市。

"算了，还是我自己去吧。后天还要去九州一趟，回来后我再打电话给石材店。"

我想象着古坟被挖开的内部光景。我曾在某本画报上看到过类似的照片，手脚稍稍扭曲的骸骨被半埋在地下。母亲也要以那种姿态从地下现身吗？母亲一生经历的苦痛，过世的哥哥和我最为了解。她那强烈的信仰，我们也最清楚。将那些苦痛、信仰与人生彻底剥去的骸骨姿态的母亲，我并不想看到。

抵达伊势原的表姐家时，她和同谋的邻居太太已经戴好登山帽似的帽子，穿着男士长裤，甚至还戴好了手套，在等待我们。不过是偷一只小狗，为什么要换上那种像是要大扫除，又像全学连[1]学生似的装扮呢，真是搞不明白。接上她们俩又行驶了一会儿后，我们把车停在那位泥瓦匠家附近，邻居太太先行下车侦察，不大一会儿她就气喘吁吁地跑了回来，低声告诉我们："他不在。"身为一个男人，我不帮忙也不合适，于是我猛灌一口威士忌，跟在表姐的身后下了车。路上寂静无声，泥瓦匠的小平房里没有亮灯，家里没人。体形丰满的邻居太太竟然大着胆子从损坏的树篱中间穿了进去，紧接着，黑暗中传来小狗的鼻音和锁链碰撞的声响。她将提前准备好的狗绳系在那只狗的项圈上，又将绳子的另一端从树篱被损坏的缺口处递

1　全学连："全日本学生自治会总连合"的简称。

给我。

"快把它拉出去。"

"喂，快出来。"

小狗害怕得用力赖在原地不肯走。

"喂，快出来。"

"嘿，别那么大声啊。"

瘦削的小狗缩紧尾巴，伸长脖子，仿佛脑袋要被砍下来似的，我用沾满蜘蛛网的双手一点一点地把它硬拽了出来。表姐抚摸着它的头，用娇柔的声音说：

"真是太可怜了，以后不用再挨打了。"

我听得出来，她不是在对狗说话，而是在说给我听。此地不宜久留，我把小狗塞进车里便立即离开了。表姐和邻居太太上气不接下气地不断夸耀着自己的善行。让她们俩在路灯明亮的十字路口下车后，我和妻子一溜烟地逃向东名高速公路。我一边喝着威士忌，一边抚摸着小狗，它的身体潮湿、干瘦、颤抖个不停。

第二天早晨，当我走到院子里，在死去的老狗住过的狗屋前，那只小狗用胆怯的眼神抬起头看着我。不过它大概是太饿了，我刚给它倒出狗粮，它就晃动着鼻尖，把饭吃了个精光。它的额头上有伤痕，大概是被那个泥瓦匠打的。

开始照料这只小狗后不久，我就前往九州进行采访了。在岛原半岛[1]一隅，有一间传教士们于16世纪末创立的神学院，有几个从那里毕业的日本人，我从之前就开始关注他们了。其中有一个叫米格尔西田的人，天主教徒受迫害时期，他从日本逃往菲律宾，在当地的日本人街区当传教士，但是后来他又回到日本，并在这里离世。据说，有人找到了米格尔西田的几封旧信，我很想来看看。

一个烈日炎炎的日子里，我在长崎见到了长崎广播电台的大辻先生，旧信的事就是他告诉我的。大辻先生是我的老相识，在很多事情上都关照过我。

"是在平户的一个名叫松野的世家里发现的。上智大学的J教授和长崎的P神父都来看过了。"

大辻先生带我来到广播电台附近的一家寿司店，刚一落座，他就从口袋里取出了信封。里面放着两张那封信的照片，照片里，信纸上蚯蚓般的虫蛀痕迹看得一清二楚。"愿您诸事顺遂，贵体康泰"，这一句话还猜得出，后面就读不下去了。我伸手拭去嘴唇上的啤酒，猜想着信上的字时，大辻先生给了我提示："我很想回日本去，然而那只是黄粱美梦……"

"看来，这是米格尔西田回国之前写的信啊。"

"没错。"大辻先生点点头，"P神父也说这应该是1630年

1　岛原半岛：位于日本九州岛西北部的一个半岛。

左右写的信。他从能古岛偷渡入境是在1631年。你去过能古岛吗？"

"去过。"

那座位于博多湾的小岛，我曾造访过一次。当我春天去到那里时，岛上有许多赏花的观光客，在满是小石子的海岸上，到处都是空易拉罐和便当盒，肮脏不堪。就在能古岛不远处，米格尔西田乘坐中国人驾驶的帆船从菲律宾回国，趁着夜色登陆。后来，他一直潜伏在长崎。当他的潜伏因叛教信徒的告密而暴露之后，他冒着猛烈的暴风雨，踏上逃亡之路，最终在茂木的山里倒下，死去了。

"他的故事，"大辻先生边动筷子边问我，"明年要开始写了吗？"

"还不确定。毕竟资料不足。"

"是什么主题呢？"

"有很多备选……"

我盯着挂满泡沫的啤酒杯，含糊其词地回答。

"米格尔西田为什么会回日本呢？真让人好奇啊。他明知道回来的话，不知什么时候就会被抓住、被处刑，他却还是要回来寻死。不只是他，很多被驱逐到海外的天主教徒都是这样，真是让人无法理解。"

"要不要现在去看看？"大辻先生说完，忽然站起身来，

"米格尔西田死的地方，茂木的那座山。"

正午过后的思案桥附近，熔炉火一般的炽烈阳光下，行人和汽车混杂交错。大辻先生驾驶着卡罗拉，开始攀登这座山。十几年前，我初次造访这里时，还见不到什么住家。后来，每每来到此地，总能看到山腰上的现代建筑在一点点增加。越过这座山，就能够俯瞰到海湾与茂木的小渔港。茂木是战国时代天主教徒大名大村纯忠赠送给耶稣会[1]的土地。鲜为人知的是，那里是日本最早的殖民地。

"小的时候，我们还翻过山穿过枇杷树林，一路大汗淋漓地跑到茂木去游泳呢。"

茂木的山上有很多枇杷林，从车里向外看去，梯田上的枇杷树在猛烈日光的照射下，树叶闪烁着油润的光泽。

"他或许是打算从茂木乘船，逃到天草去吧。"

海湾里波光粼粼，好似散落着千万根银针，平静的海面上漂着两艘渔船。水平线上，天草的小岛朦胧浮现。不过，当年米格尔西田经过此地时，这里正经历着猛烈的暴风雨。他越过这座山岭，打算藏身于何处呢？他应该知道，无论逃到日本的什么地方，最终都难逃被抓捕的命运。如果留在菲律宾，他本

---

1 耶稣会：天主教主要修会之一。1534 年，由西班牙人圣依纳爵·罗耀拉于巴黎创立，效仿军队纪律制定严格会规，旨在反对欧洲的宗教改革运动。

可以接受众人的敬爱，过上安宁的生活，看来他确实是想落叶归根，在日本迎来生命的终点。

"那条路从前就有，"大辻先生指了指落满浓黑枇杷树影的一条路，"西田逃亡时应该也走过那条路吧。"

我最后咽气的地点一定早已注定，然而我无法提前得知，不过，我也会和西田一样，终将抵达那里吧。我怔怔地想。

第二天，转完岛原半岛之后，我顶着烈日，浑身是汗地踏上了回京之路。从机场乘出租车回到家里时，院子里的狗屋不见了。

"狗呢？"

走进玄关，我将手提包递给妻子时，这样问道。

妻子将手提包抱在胸前，说：

"小狗它……逃跑了。"

"逃跑？"

"你走的那天夜里，它弄掉狗绳，不见了。我找了很久也没找到。"

"跟伊势原的表姐说过吗？"

"说了，她挺不高兴的。"

狗的话……尤其是杂种狗，什么样的我都喜欢，可是那条胆怯的小狗就是让人喜欢不起来。也许是因为感受到了我的情绪，那条狗才离开的吧。

四天后，表姐打来电话，她说逃走的小狗又跑回那个泥瓦匠的家里去了。泥瓦匠依然整天拴着它，喝醉了就打它。

"它怎么回去的啊？"妻子颇感意外，"它怎么知道回去的路呢？"

那只狗明知道会被虐待，却用四天时间，找回到原来主人的家里。米格尔西田也是做好了被迫害的准备，为了死在日本，专程从菲律宾回到国内。那条落满浓黑枇杷树影的狭窄古道，再次浮现在我的眼前。

天主教墓地的等候室里，我独自等待着。窗外，六百坪[1]的场地里，齐整排列着木制或石制的十字架，正中央则立着一座圣母玛利亚的圣母怜子雕像。那些十字架之中，还有来自遥远国度，最后死在日本的外国神父和修女的墓。每一块墓碑上都刻着《圣经》经文或是拉丁语祈祷词。

十一点左右，白色圆盘似的太阳射出强烈的光线。石材店老板带来的小工正穿着脏兮兮的工作裤、工作鞋，专注地挥动着铁锹。或许是因为墓地的土地松软易挖，工程进展得比我预想中更快，小工的下半身已经消失在土里。

我实在没有勇气站在那里。母亲的骸骨从被挖开的土地

1　坪：日本面积单位，1 坪约为 3.31 平方米。

深处现身的那个瞬间，我想我无法承受。正因如此，我才会在小工工作期间，坐在这个阳光强烈到仿佛能让锡熔化的等候室里。我的面前摆放着灰色的骨灰罐和筷子，炽热的阳光照在上面。我看着它们，忽然想起半个月前，在火葬场里，我曾用同样的筷子从火化炉里取出哥哥的遗骨，放入骨灰罐的那个瞬间。哥哥的骨头小到看不出是什么部位，它们凌乱地散开，有些是乳白色的，有些则被略微烧焦，带着一点褐色。"主啊，请您救赎他的灵魂，愿他得享安息。阿门。"神父站在我身旁，低声念诵着祷告词。当我和妻子用筷子夹起同一块骨头，将其放入骨灰罐的时候，我心头一震，意识到自己终于变成孤身一人了。

哥哥活着的时候，他还能站在死亡与我之间，可是，现在哥哥也不在了，我觉得死亡黑沉沉地直接伫立到了我面前。从小我的父母就分开了，因此我的人生一直和母亲还有哥哥紧紧联系在一起。如今，母亲和哥哥都已离世，我真切地感受到自己被独自留在了这世上。

我将视线转向窗外，小工的动作变慢了。不多时，他将铁锹插在土堆上，用手巾慢慢拭去脸上的汗水。随后，他又挥动起闪着光的健壮臂膀，拿起一只大筛子，再次探进土坑里。通过他的动作，我知道此时此刻母亲的遗骸已经从地底露出，他现在正要把骨头收集到一起。"愿你安息……"这句祈祷词从我的口中冲了出来。我将双手置于膝上，念诵起为哥哥拾骨时也念过的这句祷告词。

五分钟过去了。十分钟过去了。小工终于从土坑里站起身，将筛子放到铁锹旁边。他从地下爬上来，眯缝着眼看向这边，随后慢慢朝着等候室的方向走来。

"完事了。"他粗鲁地说，"骨灰罐，拿过来吧。"

阳光刺痛额头，我跟在小工身后，穿过十字架与十字架之间的小道，走到母亲的墓前。土堆上的筛子里，是一堆腐蚀的碎木头似的东西。我屏住了呼吸。那就是被埋葬了三十多年的我的母亲。

"对……不起。"

小工似乎把我的话当成对他的感谢[1]，他冷淡地回了句没关系。对不起……面对母亲的骸骨，我在心里反反复复说着这句话。在泥土里变成如同腐朽碎木一般的母亲，和在火葬场里变成崭新的乳白色骨头的哥哥，看起来是如此不同。这就是母亲的信仰和人生在这人世间留下的唯一的可怜残骸吗？我拿起筷子，夹起其中一块放入骨灰罐，轻微的掉落声传入耳畔。

小工将双手放在插进土堆里的铁锹上，静静地看着我的一

---

1 原文为"すみません"，既可以表示道歉，也可以表示感谢，可理解为"有劳了"。——编者注

举一动。

"可以了吗？"

我点点头，站起身，一阵眩晕袭来，脚下也跟着稍稍打了个趔趄。我站在土堆上，一直低头看着那个古井似的黑暗土坑。就在这个土坑里，母亲被埋葬了三十余年，很快，哥哥的骨灰罐也会被放进那里。

用白布包好骨灰罐，我和小工一起来到墓地旁边的石材店。之前已经跟老板说好，让他开车带我去火葬场。

然而，由于老板外出还没有回来，我只好在堆放着花岗岩墓石、灯笼和地藏菩萨的院子里拣了一块石材坐下，等他回来。放在膝上的骨灰罐，似乎比哥哥的那个要沉重许多。母亲身形瘦小，个子也不高，她的遗骨怎么会这么重呢？我望着闷热发白的天空，呆呆地想。那分量一定是我活到现在日渐累积的对于母亲的偏爱与留恋。对我而言，母亲并不算一个温柔的女人。相反，她孤独的生活和强烈的信仰，让生性懦弱、吊儿郎当的我饱受折磨。学生时代，因为无法忍受母亲，我甚至逃到已经跟她离婚的父亲家里去。然而住在父亲家之后，抛弃母亲的懊悔心情又不停地困扰着我。

（不过到最后，我也会被埋进同一个地方。）

我对着放在膝上的骨灰罐低语。我又想起刚才那个又圆又深的黑暗土坑，那里就是我将永远和母亲、哥哥居住的地方。

汽车发动机的声音传来，是石材店老板回来了。

"我去警察那里拿到许可啦。"

要挖出土葬的遗骨，还需要警察的许可。如果没有那张证明，火葬场就不会帮忙火化。

"对了。"

让我上车之前，他似乎忽然想起些什么。

"墓碑已经做好了，要看看吗？"

老板带我来到成排的石灯笼后面的小生产作坊，他对两个戴着头巾正在干活的年轻人吩咐了几句，随后，两个年轻人便搬来一块崭新的闪着漆黑光泽的墓碑，放到了地上。这块墓碑将被安置在新的墓地旁。

自墓碑的右侧起，先是刻着母亲的姓名及去世日期，再往左则是哥哥的名字和死亡年月日。我带着怀念的心情望着那两个名字，不经意间，注意到旁边还留着很大一片空白。是啊……总有一天，我的名字也会被刻在他们旁边吧。

附记

本书由新近发现的远藤周作未发表的小说《对影》，以及作者其他作品中关于母亲的数篇小说选编而成。每篇作品在取材于作者真实经历的同时，在家庭状况等方面又存在一些不一致的记述。

为此，我们附上作者的简略年谱以供参考 ——

1923 年 3 月 27 日，远藤周作在东京市巢鸭[1]降生。父亲名叫远藤常久，母亲名为远藤郁，家中还有一个年长他两岁的哥哥，名叫远藤正介。

1926 年，因父亲工作调动，远藤周作举家搬至中国大连。

1933 年，父母离婚。母亲带着周作和哥哥正介回到日本，定居于兵库县西宫市。

1935 年，母亲加入天主教，随后，周作与哥哥受洗。

1942 年，远藤周作失学在家，他与当时刚刚加入海军的哥

1　巢鸭：位于日本东京都丰岛区的街区。

哥商议决定，以经济状况为理由，离开与母亲生活多年的家，前往东京发展。在东京，他与已经回国并再婚的父亲生活在一起。"二战"后，母亲也来到东京，不幸于 1953 年突然逝世。

1996 年 9 月 29 日，远藤周作逝世。

（参见新潮社《远藤周作文学全集 15——年谱·著作目录》，山根道公撰）

在了解远藤周作个人生平的基础上，希望各位读者朋友能够在感受作者长久岁月中的点滴变化与成长的同时，细心品读这些围绕母亲而写就的感人作品。

日本新潮社编辑部